那5個畫面的祕密

李鼎

目次

那5個畫面的祕密

開場白

去還是不去？

我一直都覺得，如果我的人生現在正是最快樂的時候，就要小心了！因為只要當我開心時，下一秒就是憂愁、甚至是災難的開始。

你會這樣嗎？

二〇一二年的四月，我正面臨一個很大的決定，就是必須在七十二小時內，覓得三千萬台幣的資金。

我不知道哪來的膽子，竟敢要求電影劇組的工作人員，請再給一次機會，大家不要散，給我七十二小時找這筆錢。

為什麼是七十二小時？

七十二小時是所謂的「黃金救難時間」，尤其是在天災、地震這種不可抗拒的外力來臨時，七十二小時是一種「存活率的競爭」。

若在被掩埋的地震災區，在七十二小時中每挖一寸土，都能為埋在地下的人找到透氣存活的機會。更有統計指出，第一個二十四小時，存活率高達九十%，第二個二十四小時還有五十～六十%，最後第三個二十四小時也還有二十～三十%，雖然超過七十二小時仍有機會，但你再也不能依靠數據或是科學，依靠的只剩信心與愛，甚至是奇蹟。

可是，我在這未來的七十二小時中，有兩件事，是我早就要做的承諾。一個就是十二小時後，急需這筆資金的電影《到不了的地方》的開鏡記者會，另一個是在四十八小時後，也是早在半年前答應桃園某一所私立大學的演講。

這兩個約定，其中「開鏡記者會」將會用掉八小時的工作時間，而大學演講則又將會用掉四小時的時間。

七十二小時扣掉這十四小時及吃飯睡覺的時間，我應該只剩三十六小時，也就是一天半。一天半能跟銀行借貸三千萬元嗎？

似乎只有民間的高利貸能在二十四小時放款，但就廣告宣傳的說法，高利貸能貸到的最高金額也只有一部汽車的售價，三千萬台幣至少是三百部國產汽車的價格。

更重要的是，若依照「黃金七十二小時」的救難公式來看，我這些承諾履行完之後，了不起我也只能擁有二十～三十%的成功機會。

這時是「承諾」重要，還是「找錢」重要？

高達一百人的電影劇組已經因為資金的失誤，有三個月未付的薪資，在未來是可以用「信心跟愛」解決嗎？

若七十二小時後找不到資金，我該在十二小時後的記者會宣佈開拍，還是取消呢？若依舊宣佈開拍，我一人立刻扛下千萬的債務，若宣佈延後，該怎麼面對媒體對我的疑問，以及好不容易與每個演員簽下的檔期？

換成是你，你將會做什麼決定？

我閉上了眼睛，仔細地調整呼吸。

此刻，全身產生了一種沒辦法站立的暈眩，我坐在一個沒人看見的角落。

我常常這樣面對自己，看著我的虛弱、無力，以及無法平順的呼吸，在我身體裡面憤怒。

我試著安撫自己。

但此生所有快樂悲喜、憤怒別離的事情都一再出現，我懷疑自己是不是得罪了天神或上帝，或是遭到什麼報應，我懷疑付出的一切，都是一場詛咒……

我的恐懼比身體還要大，但還好，這五年來，我總是會這樣一直看著自己的那個恐懼魔獸，在他面前調整全身的呼吸……

然後，會有個一樣的問題，很奇特在這些幻覺出現後，那魔獸可以讓我從心底有一株像出土的新芽，彎彎曲曲卻奮力的要衝出來就是要質問你：

「開心之後的下一秒就是憂愁、甚至是災難的開始，是這樣嗎？是嗎？」

我像正在實況播出的有獎徵答節目，面對最後一個難題，只要答對，就會有最後衛冕的獎金，而那獎金將讓我一輩子無憂吃穿，那個答案是我最不承認的答案，但卻可以給我衛冕的榮譽與獎金的貪婪……

倒數最後五秒即將開始，而我因為掌握了身體的呼吸，順著那倒數的五秒，看到這輩子最難忘的五個畫面。

而這五年來，這五個畫面，讓我擁有一個天大的禮物……

第一章　過去五年，有五個畫面，讓我擁有一個禮物

這些文字是我「那五個畫面的秘密」演講簡報的第一個畫面。

因為過份緊張，導致我在離開台北出發去桃園演講的路上，才發現自己沒帶Mac電腦接投影機的轉接頭，我的助理正在人生地不熟的校園附近找尋Mac的專賣店。車外突然下起暴雨，眼前的視線突然模糊，車內產生了一種因為暴雨而有的熱氣，就算我再想隱藏體內的情緒，老天還是用天氣逼我現出原形。

沒錯！我還是來赴這場演講的承諾，而且也完成了開鏡記者會。

我清楚記得在二〇〇八年拍攝的第一部電影，《愛的發聲練習》，因為經費有限，特別央借了天下出版社二樓的書香咖啡館舉行開鏡記者會。

當時女主角大S只拍過一部電影，搭配台灣電影導演們喜愛的張孝全與在電視圈活躍已久的彭于晏，還有剛剛以《練習曲》廣受注目的東明相。這樣的組合，加上國際製片人徐立功先生擔任監製，不到六十坪的空間，又在上午十點這種記者必須早起的時間，居然來了中港台四十多名媒體記者與攝影機。經過上次的經驗，我們這次選了上百坪的中山堂堡壘咖啡廳，還把電影中的重型摩托車「直線加速之王」

（YAMAHA V-Max）運送到現場，結果你猜，我的「黃金七十二小時」，也就是剛過第一個「存活機率最高」的二十四小時，現場來了幾名記者？

十位。

是的。不要意外。這還是加上了平面攝影記者的數量。最後留下來的，都是一直耕耘電影圈多年的文字記者，但還是有一個大報沒來。

記者會跟演藝圈大哥大級的主持人涉嫌資金掏空案相撞，所有電子媒體記者朋友都去追蹤那則兼具演藝及社會新聞的現場。

請問是你，你怎麼想？

任何事情都會過去，包括你的榮耀、羞辱、喜悅與哀傷……，但重點是現在的你如何面對？

我依然沒找到任何資金，但我卻在記者會中宣佈《到不了的地方》這部電影開拍了！

真不知我哪來的膽子，我的信心是哪裡借來的？

我恐懼得不敢看今天的報紙，恐懼到現在連演講用的電腦轉接頭都忘了帶……

雨越下越大，甚至雷聲隆隆，好似今年的梅雨季提早來臨，若真的梅雨季現在就開始，那我昨天宣佈開鏡的拍攝計畫，到時不就更會被天氣影響？

我的信心到底是來自任性的好強與天真，還是黃金七十二小時的科學考據？

如果真的每個人都有他的命，我覺得絕對跟一件事有關，就是父親給我取的名字。

從小我就對「鼎」這個字充滿敬畏。

他代表了「傳家之寶」的使命，以及「一言九鼎」實踐某個「承諾」有關。

從小，父親就期許我能做一些可以流傳「我們李家」的事蹟，以及為每個承諾拚命的決心。但真的每個說出口的承諾都能實現嗎？每個讚美都能持久嗎？

那是我成長期間最想逃避的責任，現在卻是我那「五個畫面」裡面最大的秘密。

我可以老實告訴你一件事嗎？

其實，並不是每個演講者，講完他深信的東西，在日常生活裡，他就可以實踐如常，反而那些講出去的話，是更多的試煉，在考驗他所堅信的。

這五年來，不知從哪一次演講之後，我告訴自己，至少在能夠完全面對父親離去的事實之前，都不要換講題，我要用演講這個練習，好好地與自己與這五個畫面相處。

如果這五個畫面，真的是老天給我的一個禮物，我就要常常打開它。

「快看！今天的報紙！」我的助理上車後，不但買了轉接頭，甚至所有的報紙。昨天那家沒來的大報記者，居然以報紙半版的版面介紹了《到不了的地方》這部電影，甚至製作出比較表格，讓讀者清楚地知道真人實事改編的電影總是受觀眾青睞的對照。而其他各報的電影記者，都各自寫出有關這部電影的娛樂角度，貼出了男女主角「三貼」在重型摩托車上的照片與飾演我父親的庹宗華久違的戀情花邊。

「導演，太神奇了！不是嗎？你爸一定有在天上保佑你！」我的助理非常激動又興奮地鼓勵我。

「牽掛」是這個世界上最難熬的東西，如果我爸真的因為牽掛我，還像個鬼魂一直留在這個世間上，我是多麼的不孝。

還是說，就是因為我還沒練習完他離開我的傷痛，所以，他也捨不得放手？

如果可以，等等這場演講，就將是我最後一次分享這個講題。

講完之後，我就要好好面對只剩下百分之二十至三十的存活機率，籌出這三千萬的電影資金，並且更認真的面對，我李鼎「已經」失去父親八年了。

「這些報導就是好的開始，不是嗎？」我的助理怕我胡思亂想，又開心的鼓勵我一次。

「一定會有人有興趣的！你看報紙都登這麼大了！」

拍電影的人最大的財富就是天真。我在助理身上，看到了這個財富。

我接著複習著自己電腦上的每一張投影片，車子緩緩地開進了校園，我們整整遲到了快十五分鐘，迎接我們的有十幾位老師，其中還有一位長者，他是這所大學的校長。

滿滿四百多人的演講廳，只坐了大概六十名的學生，我的助理正要把轉接頭插上投影機的時候，才發現他根本買錯了，他買的是另一個型號的轉接頭。

全場微笑地看著遲到又買錯轉接頭的我。

「拍片就是這樣。不斷地等待，等待每個錯誤發生的時候，或是天氣變化的時候，讓自己依然有體力及腦力甚至智慧，面對一切又重來的時候，保持原來的狀態。」

「不會是更好嗎？」一個問題從團體中冒出，大家暗自地笑著。

「不能。」我的回答讓大家突然安靜下來。大家不知道是不是台上的我已經被惱火了，還是說我是一個就是要跟大家唱反調的導演，因為這世界上不是每件事當能夠重來的時候，都是希望做得更好嗎？

「因為拍片是這樣的，如果前一個鏡頭，我們已經拍出一個不錯的情緒或是表情，一旦重來時，你要做的是能維持原來的狀態，這樣戲才會接連上去。讓自己維持在原來的狀態，是最難的。那是一種跟初衷有關的鍛鍊。」

這話一說完，最快安靜的是學生，老師們跟校長本來還擔心學生的躁動，沒想到學生的安靜讓大家更放心地望著我。

我的助理跟我打了一個暗號，說他已經把我的檔案轉到學校的ＰＣ電腦上，但我自己知道，不相容的軟體，會讀不出我簡報的所有動態設計，並且會有完全不一樣地呈現，所謂「回到原來的狀態」，現在反而是我最大的考驗。

但沒關係，我已經告訴自己這是我這輩子最後一次講「那五個畫面的秘密」，等等一講完，我爸就可以不再是一個看顧我的鬼魂，他可以自由了，我現在就應該開心面對，不是嗎？

於是我打心底成全這一切的笑容，用另一台電腦開啟了不熟悉的簡報系統。

第二章

若今生到此為止，我最難忘的一次旅行是什麼？

畫面在一陣很大的的引擎聲音中緩緩出現，我們在雲層的上端，每一個映入眼簾的雲都在腳下。

「你們知道這個畫面的秘密是什麼嗎？可以猜得出它是在飛機的哪一個位置拍的嗎？」

「靠窗的位置！」

「當然是靠窗啦！」另一個同學馬上嘲笑了剛剛回答的同學。

「駕駛艙！」這個同學的答案一說完，大家馬上驚呼。

「如果是駕駛艙，畫面中雲朵的流動應該是迎面的。但駕駛艙這個位置很接近，還有誰可以猜得出來？」

「飛機翅膀？」

「那應該會看到翅膀啊？」

「商務艙或頭等艙？」一個老師參與了回答。

我很喜歡老師在學生群中回答我的問題，因為這樣表示大家都沒有了心防，表示我們大家「現在」一起解決問題。

「答對了！但是它的秘密是什麼？」

人生中一定要有一次真正在一個高度上看事情。不管是空間上，或是心靈上的。這是在「商務艙」的位置看到的天空。我一直很好奇商務艙到底都坐著什麼樣的人。二十九歲的我，因為時機與努力，成了 SONY 集團電視頻道鏡面宣傳的總監，因為這份工作，我可以每年至少一次往來紐約及洛杉磯參加比賽，並把海外的比賽心得及鏡面宣傳包裝的經驗帶回台灣。

年薪破百萬以及飛機里程與五星級飯店住宿的累積，讓一個二十九歲的我，在現在看來有一種不切實際的虛榮與天真，那時關心的重點都很特別，表現出來的動作當然也很特別。

你知道商務艙跟經濟艙最不同的待遇是什麼嗎？

「Coffee, tea or me?」

所有人只要一聽到這個問題都會開心地大笑，好像在天空的美女空服員，總是會讓人有著幸福或是冒險的遐想，而那種遐想會讓人有一種，因為我們正一起在天空中，有一種不能太興奮的壓抑式激動。但那激動，一回到地面上，就算你遇見同一個人，就不會有那麼強。好像那就在是天空中、在機艙內在某種高度，或某種空間，特別會讓你會對那樣的笑與親切感到必須壓抑的興奮。

最大不同的待遇，真的是來自「Coffee, tea or me?」嗎？

正確答案是來自一瓶紅酒或白酒。

「Mr. Lee 您好，請問您要喝紅酒還是白酒？」

天啊，他怎麼連我姓什麼都知道？

原來商務艙的空服員，都會在登機前把他要服務的乘客的姓名記住，讓他在天空中有被記住又被呵護的歸屬感。

在漂浮的天空被叫出自己的名字而有的呵護與歸屬，是二十九歲的我在商務艙的第一個喜悅。

「我不喝酒，謝謝你。」

「李先生您好，請問您要喝紅酒還是白酒？」一個問題被問兩次，好像有點多禮。

「我不喝酒。謝謝你。」一樣的答案回答兩次，好像也有些失禮。

「李先生您好，但是還是希望您選擇一瓶？」

「啊？」

我不知道是不是商務艙的客人都可以擁有某種「就是可以浪費」的特權，但我看著空服員甜美的笑容，我可以判斷得出，她與我想像的不同，她問我的時候，帶著某種請託的口吻。

「您選一瓶好嗎？如果您不喝，只要打開了今天這瓶開過的酒，就可以招待所有經濟艙的客人了！好嗎？李先生？」

我不知道一個空服員，是要多久的資歷，才能服務商務艙及頭等艙的客人，她是用什麼樣判斷去解決一切在空中發生的事情或是與這些客人在長途旅行中擁有突發奇想的溝通。至少在這一刻，我是被她說服了，而且還給了我一種榮耀感。

原來，你在一個高度的時候，可以擁有一種「幫助某些事完成」的力量，而你只需點頭，就可以達到。

從那次起，我每次坐商務艙第一件事就是點一瓶酒，然後在品嘗了香氣之後，要空服員招待今天經濟艙的旅客。

相對的，人在一個高度之後，就會有一種「若有一天不在這個高度」的恐懼。

我因為這次在紐約待了太久，吃了快十五天的貝果及大塊肉與可樂，整個身體好像都快汰換成另一種血液的不適應！突然，這家台灣航空公司的商務艙早餐，滿足了我身體的鄉愁。

這份早餐，是一碗清粥，配上了新鮮的鹹鴨蛋、軟Q的花生麵筋、海苔肉鬆還有輕脆的酸甜微辣的小黃瓜，一旁鬆軟剛好的微熱小饅頭，讓我咀嚼得滿嘴回甘。

這是我過去覺得最熟悉甚至懷疑很簡陋的早餐，但是現在它卻讓我想起了小時候全家一起吃早餐，爸爸看著我終於敢吃鹹蛋黃的表情。

那個表情最後會加一句：「兒子，你長大了！敢吃鹹蛋黃了！」然後我趕快吞一口清粥，就算鹹蛋黃不好吃，也要表現出我就已經是個大人的勇氣。

這份清粥小菜，也讓我想起了每次在深夜拍完片，我帶著全劇組的人，一起約在復興南路的清粥小菜街吃消夜的歡樂，那是一種一群人一起拚命幹完了一天的活，然後滿足自己疲累身體，補充能量及彼此一起大吐苦水或是嘲笑誰剛剛幹了什麼糗事的痛快回憶。

原來，食物在旅行中，甚至可以說，當你在異地再也回不去某個地方的時候，有這麼大的療效。

它不但能滑進你自己也到不了的體內，還能溫熱你曾有過的飽足感與隱藏很深的鄉愁。

那到底，我第一次擁有這種感覺，是什麼時候呢？

那天在商務艙問自己的那個答案，讓兩個人在二〇〇五年成為了作家。

為什麼是兩個人？我先不說。

二〇〇四年的秋天，老天賞了三十四歲的我兩個天大的玩笑。

一個是父親在睡夢中過世。

他生前的最後兩年，罹患了無藥可癒的疾病「漸凍人」。

這個病簡單來說，就是身體會一直萎縮，像冰塊一樣冰住了自己，但是腦筋卻因為一直躺在床上，有了無比的休息，所以比任何時候都清醒。他的喉嚨會最先失去咬字及說話的力量，中樞神經的力量再也傳不到他的指尖，身體就像一尊需要人操縱的戲偶，若沒有人幫忙，根本連動都不能動。全身唯一不會萎縮的就是眼睛跟眼皮，他只能眼睜睜地看著自己失去一切能力……

殘忍嗎？看著自己眼睜睜地失去一切，身體是安靜的，但靈魂無法。

那是我跟我父親彼此最依賴的一段時間，甚至，我變成了父親的父親，我們沒有流淚的時間，沒有向誰討尊嚴的爭辯，只有面對。

但我的父親，在秋涼後的一個夢境中離開人世了！

他居然能夠如此尊嚴地離開了。

而我就只有那天沒在他的身邊，我需要賺錢，被客戶的會議綁著。我就在那個晚上，沒見他最後一面。那晚，我的戶頭裡也只剩下三千多元，而身邊的葬儀社正催促著我大體不能放過天亮，那是不孝的。

這就是一個二十九歲就收入過百萬，一坐在商務艙就開一瓶自己不喝紅酒的人，以為成就的喜悅就是來自某種呵護與歸屬感的下場嗎？

我依舊沒有哭，我覺得這就是我最大的問題。

憂傷在身體裡面侵蝕著，我不許遺憾掛在臉上，我只用背影面對。

天亮之前，我拒絕了任何葬儀社的安排，等待家人都見到父親最後一面後，就先將大體送入了冷凍庫。

爸爸的遺囑很簡單，不舉行喪禮，簡單火化，骨灰可飄灑在台灣海峽。

換成是你，你怎麼做？

我沒有遵照爸爸的遺囑。

我爸的瀟灑我做不到。

一個到現在都不願意公開姓名的朋友，在爸爸過世後的兩天，匯了一筆三十萬給我，我依然辦了一場告別式，我用自己的方式，想陪爸爸最後一段路。

信心

／

二〇〇四年十二月二十四日
上午八點四十五分
南投信義鄉千歲吊橋

被攝者：徐君豪
攝影者：李鼎

然後，我居然去旅行了！

很奇怪，不是嗎？

我想起曾在商務艙問自己「今生到此為止，最難忘的一次旅行？」的問題，回想起這輩子最難忘的一場旅行，是小時候跟爸爸一起去花蓮的太魯閣，還有一碗他口中「可以忘記憂愁的金針湯」。

為什麼這碗金針湯可以忘記憂愁呢？

你去過「太魯閣」嗎？

這是一個千萬不能一邊走一邊回頭的峽谷。峽谷中的每一條路，都像彎曲的河流一樣纏繞著山型，燕子在峽谷的洞穴中飛行，也在大理石的河床間穿梭，你會因為回頭追隨了一隻燕子的飛行，或是迷戀一片峽谷雪白的肌理，而沒留心前面已經不是筆直的路，就失足墜入峽谷中。

而大理石最美的就是在它的肌理上，看得出光線移動的情緒。時而張揚喜悅、時而陰沈詭譎。

我生在七〇年代，那次太魯閣的旅行，搭著引擎轟隆作響的遊覽車，穿梭峽谷的洞穴。小時候天不怕地不怕，就是怕黑，怕自己的想像力，怕自己看見自己想像的鬼。那些有肌理的大理石，在月光及日光交會的剎那，好像都活了起來，張牙舞爪的在洞穴一明一亮的光影中，對你發出神秘想吸走你精氣的笑容。

山上的冷空氣像是冰箱冷凍庫被打開似的往下降，窗外降下的冷空氣，讓小孩子的汗毛，被冰冷包裹著。

當所有的冰冷與恐懼炙熱發生時，我們的遊覽車就停了下來，所有人下車，就為了喝一碗路邊小販賣的金針湯。

「你知道什麼是金針花嗎？」

爸爸溫暖的手搓著我冰冷的小手，他總是有好聽的故事，讓我跟弟弟可以進入好多不同的世界。

「奶奶從小就跟爸爸說，金針花又叫『一日花』，如果你今天看到它花開，你就是最幸運的人。因為你昨天來的時候，這花還不會開，但是明天走的時候，它就謝掉了！它只為了今天跟它相見的人開花，所以如果我們看到金針花開，就可以許下一個願望，有了金針花，就可以忘記憂愁，它還有一個名字就是『忘憂花』……」

小孩子哪懂什麼是憂愁？

但是那一次旅行，我卻知道，世界上有憂愁這兩個字，而且，也知道只有今天綻放的金針花可以有忘記憂愁的幸運。而長大後，我更發現，金針花在爸爸的老家，就是母親節的花。看到金針花，就知道要感恩自己的媽媽。

像爸爸這樣從小跑來台灣玩，然後再也看不見家鄉媽媽的遺憾，我猜那年我們一起喝金針湯，他左一句：「你的奶奶說……」跟右一句：「奶奶最會煮金針湯……」的故事，應該是那碗湯，像我在商務艙喝的白稀飯一樣，溫暖了他隱藏的憂愁。

那是我這輩子第一個難忘的旅行。

因為那碗金針湯，酸酸甜甜，解除了暈車的恐懼，也溫熱了我捧著湯碗的手與身體。還有我知道了憂愁是可以因為一朵花的綻放就解除，那像神仙一樣的魔力，讓我對太魯閣的峽谷有著難以忘懷的神秘記憶。

第三章　我想找那碗湯

這是我在爸爸過世後的第一個念頭。
如果能找到那碗湯，我是不是就可以把這輩子所有的憂愁，都埋到峽谷，或讓溪流帶走？
這念頭，讓我跟一位綽號叫「台客」的朋友，展開了一場重型機車的環島旅行。
你會跟一個只見過八次面的人一起旅行嗎？
沒錯，我跟這位台客在這場環島旅行之前只見過八次面。
這是老天爺跟我開的第二個玩笑。
他的名字叫徐君豪，國家級游泳教練。從小就是全永和跑最快的小朋友，因為他爸爸是體育老師，所以，他知道自己是沒有第二名的權利。二十一歲那年他考上輔大體育系，可是在這之前，他最大的秘密就是……
「我曾經摸過二千多個身體」。這是他的說話方式。但他只是在解釋他教過二千多個人游泳，男女老少、高矮胖瘦都有。而他的收入，讓早在十七歲的年紀，就能擁有一輛跑車。他教游泳的祕技很簡單，就是陪學員「聊天」。

「你不要想歪噢！你知道一個人為什麼學不會游泳？」

「為什麼？」

「因為他怕水。」

這個理由折服了我，讓我啞口無言。

「因為他怕水，所以永遠學不會游泳。若我在水裡跟他聊天，讓他覺得在水裡是自然的，是跟生活一樣的，那他就自然而然地學會游泳，什麼姿勢也都學得會……」

我欣賞他從心理學的角度來看教育的關係，所以也認同他的收入可以讓他擁有三輛重型摩托車跟一部跑車。

我們第一次碰面是因為他是我廣告的模特兒。另一次就是為了看他的三輛重型摩托車。

他連教我選車都自有一套邏輯。

「用聽的。」

我的雙手在他的引導下，包附住耳朵，傾聽每輛重型摩托車從引擎發出來的低頻。

用自己的聽覺來選自己喜歡的摩托車。

因為那將是在旅途上一路陪伴的聲音，也是一種和自身核心力量振幅相似的聲音，每一輛車都會有它在馬力上的特色，不必執著那些功能，而那個低頻是否符合你的振幅，好像成為我們選車的品味。

我一直認為所謂的「台」，就是這種浪漫。

好像非要用自己的「身體」親自去證明、感受，才算是轟轟烈烈地有過。就像非要把那份愛跟信仰刺在身體上的「刺青」，或是非要把喜歡的對象的照片做成摩托車擋泥板，即便滿臉泥巴噴在那個女孩的臉上，那都是對她的一種崇拜。

眼前的君豪，就是有這種台客的浪漫。

而讓我決定可以兩個人一起出發的關鍵，卻又不是這些，而是我們第八次的碰面。

第八次碰面是在父親的告別式上。
他收到了一封轉發的簡訊前來，離開時，在人群中，他豎起大拇指，他的嘴張張闔闔，嘴型明顯地看出：「你是最棒的！」這五個字。
我當時被他的舉動差點笑了出來。
我明明是一個失去父親的人，明明在告別式上跟親人道別，卻有一種想笑的衝動！
你可以告訴我這是為什麼嗎？
我很想知道。
所以，我知道他要陪我一起去找金針湯的時候，我更想知道的是某個答案。
當然君豪也提了一個條件，他知道我熟悉蘭嶼，要我帶路，騎重型機車，穿丁字褲，跟飛魚一起游泳。這個願望讓許多人瘋狂，而且我們也真的做到了。
但是在旅行的第二天，我卻發覺，我受騙了。
陪我找金針湯及騎重車跨海穿丁字褲跟飛魚游泳只是他的理由，君豪真正的答案是，他正在「逃婚」。
一個什麼都沒有的我，碰上了一個什麼都不想要的他。
這個過程成為了兩本書《到不了的地方，就用食物吧！》以及《忘記憂愁的地方》。
我跟徐君豪就這樣成為作者。
一本書三百頁，而「找金針湯」的內容只有兩頁。
「逃婚」是一個好大的舉動，但這兩個字，也只出現在一頁紙中。
無論你多麼想用篇幅的數量來掩飾這兩個人的恐懼及憂傷，但你的文字及照片就是騙不了人。
我人生最大的問題，就在我拍的照片裡露餡了。
而那是我書出後，才發現的。

第四章　我人生最大的問題，就在這個畫面上！

任何事情都可以藉由數據統計找出一個邏輯出來。

這個邏輯就是，每到一個重要的景點或是令這兩個旅人醉心的美景，我都會拍「一種」照片，就是讓台客推著或坐著「直線加速之王」在美景的中央，用他的背影，回眸看向鏡頭。

這個邏輯的問題出在哪呢？

每次這張投影片出來的時候，都會有令人驚奇的答案。

一座擁有兩百年歷史的「千歲吊橋」跟一個牽著重型摩托車正要上橋的男子，他的回眸一望，能有什麼秘密？

「全世界最多吊橋地方，應該就是台灣了。」很奇妙，每當你把自己的地方，放在全世界這個空間裡面來看的時候，大家都會安靜一下。好像我們真的常常只在乎自己缺少什麼、符不符合別人的期待，而很少想當我們在全世界，甚至全宇宙的空間裡，我們的特色及辨識度在哪裡？

「因為台灣島嶼的地形種類豐富，在地圖上很短的距離，卻有高度的差別。深深的河流峽谷隔開了地圖上最近的地方，一條條吊橋，好像就成為了現在能不能無線上網的需求一樣。每蓋好一座吊橋，就能少走半天的路，就能到自己認為更遠其實根本就很近的地方。每一座蓋好的吊橋，可以使人發現原來隔壁這座山居然只是隔一條河或峽谷，就會有不一樣的文化，甚至……」

每個人都想知道甚至什麼？

「甚至對於愛，都有一樣的渴求。」

吊橋的秘密就快要出來了。

「誰能告訴我，這個畫面的秘密是什麼？一座吊橋之所以有名，通常都是因為……」

「橋上的風景很美，可以看見特別的地方？」

「橋曾經斷過？」

「橋上有鬼？」

「這座吊橋有故事，有殉情的故事？」

每一個答案都接近這個畫面的秘密。但不是我致命的答案。

這座吊橋叫做「千歲吊橋」，建立於清光緒年間，擁有兩百多年的歷史。但它之所以有名，是在日本人佔領台灣的時代，站在吊橋中央，望著阿里山跟玉山山脈的時候，日本人居然會有看見自己家鄉「富士山」的感動。

到底是因為太想家，而把一點點相似都看成彷若真實，還是說人總是找一個安慰，而告訴自己暫時不用回家的理由？

那時候地球沒有現在那麼暖，台灣的冬天山頂還會飄雪，「千歲吊橋」周圍滿山的梅花，繽紛落下猶如日本的櫻花。在一條通往這座山到那座山、橋下是滿滿溪水的峽谷上空，千歲吊橋給的不再只是一條通往什麼地方的路，而是一種好想回家的震動。

但吊橋到底通往什麼地方？

它連接了兩個部落，部落總有位絕美的原住民女孩。

有連接的地方就會有愛，愛是不分國界人種甚至性別，英挺的軍官愛上了部落的女孩。

「千歲吊橋」成了他們最常約會的地方，因為這裡可以看見傳說中跟家鄉一樣的「富士山」，愛最美的就是想像，即便兩個人語言不通，站在這條橋上，他們倆可以想像有一天，那個可以一起去的地方。

若是兩個人的遠方看的都是一樣，他們就會在一起了。

「會在一起嗎？不會的請舉手。」

幾乎所有的人都會舉手，但我都會問「不舉手」的人為什麼？

「他們用他們的方式在一起。」每一場演說，都有關於「在一起」的智慧型答案。

「殉情，讓他們從此以後在一起。」總有人會說出這個相同的答案。

「這個答案跟他們沒在一起，有什麼差別？」我問完之後，現場每次都會再一次陷入沈默。

「其實沒有差別，對不對？在這個世間，他們的肉身已經沒在一起了？難道死亡就是記住彼此最好的方法嗎？一個喪父的我，跟一個正在逃婚的台客，一座吊橋就可以讓旅行的人，好好思考，對不對？」

「台灣每座有名的吊橋，都有殉情的故事，好像全世界最在乎能不能因為愛而在一起的人，就是台灣人了，好像就是因為這裡有太多來自不同地方的人，我們畏懼不同，又渴望不同，每座吊橋好像提醒每個活著的人，愛才是連接彼此一切的方法，人都會死，但愛是永遠。」

說很容易，但照片的秘密絕對不是這個。下一張投影片出來又是一張回眸，那張回眸是在一個洞穴當中，洞穴的尾端，是無盡的光芒……

「太魯閣？」這個答案一從座位中傳出，就有人互相交頭接耳，台下群眾會用一種特殊的眼光看著我，我不知那個特殊的眼光是來自我的自憐，還是他們也跟我一樣，就是有些地方再也到不了的失落。

可是人很奇妙，越是意識到自己軟弱，越是想用方式遮掩，我已經習慣用一種好笑的方式回應大家「這款系列回眸照」的秘密。

「這一系列回眸照，就是我人生最大的問題，我最大的問題就是，我居然會在每個我認為最重要的場景，都希望有一個人可以在我的身後叫住我，大聲地叫住我，說：『李鼎，留下來！不要再走了！這裡就是你永遠可以停留下來的地方！』但是會有人叫住我嗎？」

這時投影片在洞穴的光芒上方，打出了一個問句：「你，會為誰而停留？」沒有人回答這個問題，或許大家都看穿這個導演正在「裝瘋賣傻」，或甚至期待有更戲劇性的答案。

他們的期待是對的，人生必須充滿期待，因為光明就在黑洞之外。

這五年的演講經驗中，卻有一個答案，是我在高雄第一志願的高中演講時，一個坐在第三排的男孩回答過。

這是我聽過最光明的答案。

從那次以後，我每次都在這張畫面之後分享出來，而且每次一說答案，全場都開心地大笑。你知道他說什麼嗎？

「導演，會有人叫住你！」

「為什麼？」

「因為你忘了付錢！」

屬於那種十七歲的青春笑聲幾乎轟炸整個禮堂，也爆破了我的憂傷。

你一直希望有人叫你回頭，但你卻又一直想往前衝，你拚命地渴望自由，但你又害怕束縛，你一直想要忘掉憂傷，但你從來不面對你的憂傷是什麼？即便到了一個可以忘記憂傷的地方，你怎麼會知道你要忘記什麼？

愛沒了責任，浪漫不在當下珍惜，那不過就是以愛之名行使恨，以浪漫之名揮霍人生。

我這麼喜歡一直往前衝，若根本不知道為何而衝？為誰而衝？那衝到盡頭，不過就是一場逃亡而已。

「你們知道我在山裡旅行時，常常在夜裡，當我跟台客在路邊停下來休息，看見成群的狗，拚命趕路。牠們成群地像個龐大家族，好像要趕去另一個地方。但為什麼不在白天去？可能是白天的車太多，路危險，也可能是因為在夜晚，每個氣味在黑暗的空氣中會更明顯，氣味可以引導牠們到達曾留下記號的避風港。」

「然後，我總會發現，狗是全世界最會『回眸』的動物，牠們總在往前跑的時候，一直回頭看後面的狗有沒有跟上，或是邊跑邊回眸看著那些跑過的路……」

我總是在這一刻模仿狗的表情給大家看，那雙在黑夜的眼睛，必須格外有神且放大，嘴巴要不斷地吸氣喘氣，好跟著夜裡清晰的氣味走。

那種表情很像我過往看過電影裡面所有殺人逃亡的男主角，那些男主角都不是為了恨殺了人，相對來講都是為了愛，而做出恨的舉動，所以他在現實的人生必須逃，可是每次電影最好看的地方不只是看他逃，還看他拚命地回來見見心愛的人，作出死也不足惜的浪漫，拚命在逃亡中回首……

「逃亡的感覺很妙，不斷往前，卻又頻頻回首。」《螺絲狗》，第一二五頁

我開始想找回以前所有的人事物，計畫來一場「舊地重遊」的旅行。我想在冬天回去夏天去過的地方，看看回到連景物、空氣的溫度與濕度都完全變化的舊地，我是不是就更勇敢，更在浪漫中面對了現實。

列出很想再見一面的人，然後，趕快去見他們一面。那年沒說的秘密、那年一起許的願望、那年分手後的每一個人，現在好不好？

我這麼希望有人叫住我回頭，我應該先做一個願意回頭的人。一直抱怨找不到「對的人」，是不是因為，自己一直也沒做出「對的事」？所以「對的人」當然不會出現？

第五章　有一個人「應該」很想見你一面

你相信「念力」嗎？

當我有了「想再見誰一面」這個念頭的時候，我把這個想法分享在我的 Blog 上，神奇的事情就這樣發生了，居然有一個沒有署名的人，在我的留言板上，留下了兩句話，第一句話是：「有一個人『應該』很想見你一面。」

什麼叫做「應該」？

應該的意思是，留話的這個人並不是想見我的當事人，而這個人對於我跟當事人都有一定程度的了解，或許這個了解，還超乎我們之外，好像看到了我跟這個人之間都沒想到的力量。

第二句話，最讓我震撼，只有五個字，卻讓我全身發熱，冷汗直冒。

「離家五百里」

誰知道「離家五百里」是什麼意思？

當演講進行到這裡的時候，每一個問題都有人此起彼落的回答。有人說「離家五百里」是一首歌，是唱一個沒有成功就不回家，但是心裡一直想家的歌曲，有人說是提醒你對方跟你的距離、他的位置或是一種密碼……

大家說的都對！它是一首歌名、一個密碼，甚至幾乎就是一個彼此到不了的距離……

你知道「金門」這個地方嗎？

每一個在台灣當過兵的人都聽說過金門。那是一個千萬不能被抽中的外島。因為自有傳說以來，那是離大陸最近的軍事小島，當年因為「八二三砲戰」而出名。因為再多的炮彈都攻不下這座小島，整個金門島聽說是挖空的花崗岩島，當初金門的每座由花崗岩構成的山，都在蔣介石的規劃下，全部挖空成坑道，每一條坑道都挖到可以讓坦克車行駛，每一個坑道都串連著陸地上的碉堡，所有在陸地上生活的人，都可一瞬間，轉換到地下及坑道內生活。任憑地面怎麼轟炸，敵人都只是在浪費炮彈，若敵人以為這是個孤島，而自以為是地登陸，碉堡內及坑道內的機關槍，只要探出地面，無須掃射，只要精準的一發子彈，就能致命。

這是一個讓敵人耗盡戰力，擊垮「自以為是」的「尊嚴之島」。

但戰敗的人也有戰敗的尊嚴，對岸常有「水鬼」深夜跨海游來，全身塗成大地的顏色，不帶任何子彈，只有一把銳利的小刀。尊嚴讓他們潛入碉堡熟睡的士兵身邊，他們拿回尊嚴的方式，就是割下所有熟睡士兵的耳朵，並在碉堡的石牆上，寫下「到此一遊」的姓名。

戰爭在這「尊嚴之島」，以多種報復及壓抑的故事流傳著，而它卻有一個閃亮的名字，好像告訴你其實這裡是一個可以通往所有入口的「門」，而且是「陽光照耀的金色」。

為什麼要提到「金門」呢？每次演講都會有人答對這個問題。答案就是，「離家五百里」是金門最有名的牛排館。

我過往的每一場演講都會有一個曾經在「金門」當過兵的人，或是曾有在「金門」當兵的男友，或是在「金門」出生的人。那些回答出「離家五百里」的人，大家都可以看到那個人臉上露出某種神秘的幸福。

接著我們會看到兩個男孩幸福的微笑，那是兩個白皙皮膚穿著軍裝的「戰士」。

「非常不像『戰士』對不對？」

說完大家大笑，其中一個皮膚白皙、眼睛又差點閉起來的男孩就是我。

沒錯，我就是在當兵時抽籤抽到「金門」服役，在那個尊嚴之島的坑道，經歷人生所謂的「尊嚴」考驗的時光。另一個大眼睛單眼皮的男孩，笑容靦覥，他叫做小羊，若金門是一個「尊嚴之島」，他就是我當兵時，在金門碰到第一個尊嚴模範。

當新兵的軍旅生活到了就要分發部隊抽籤的這個時候，那一天其實是在一個很神秘且肅殺的儀式中完成的。

這些剛剛在台中成功嶺受完新訓的男孩，才剛剛熟悉了所謂的「當兵」是一種把個人尊嚴丟到身後、國家榮譽放在心中的服從，就會再剃一次頭髮，準備分發部隊的抽籤。這一次的抽籤，將會影響未來軍旅生活的形態及地點，它帶著點運氣，因為有的人就是會抽到離家很近，或者較為輕鬆的單位。這也同時醞釀了一股權力的角力，抽籤的前幾天，你會發現同梯中有背景的人，已經藉由不用抽籤的選兵，調到可以「被照顧」的單位。我跟小羊就是那時候認識的朋友，我們都看不起靠關係讓自己軍旅生活輕鬆的人，我們都喜歡期待自己在這段日子裡，可能可以有一種「脫胎換骨」的榮耀。尤其當他知道我父親是飛官的時候，他更好奇軍人子弟的種種。

抽籤那天，禮堂裡充滿著男孩們身體因緊張而產生的異常體味。全部的人都蹲下，只有正要抽籤的人才能起身。每一個籤筒位在你前方十二個人的距離，當監察官叫到你的兵籍號碼跟名字時，你才能起身，走向籤筒。

不過是十二個人的距離，卻是我看過情緒最多也最複雜的一段路程，從被叫到號碼起身時的呼吸，全身緊張的肌肉從蹲踞到站立，從行走到最後立正在籤筒前向監察官敬禮，然後大聲地喊出自己的兵籍號碼……那渾身的戲，讓在場每個人都屏息關注。

只有一種喊聲是響徹禮堂的，那就是當你抽出你的籤，必須大聲報出紙張內容，上面寫的是一組數字，是你未來單位的郵政信箱號碼。

誰都不知道那些號碼的去處，只有抄寫的人事官。

我跟小羊在抽籤的最後一刻互道過一次珍重，如果將來不分發到同一個部隊，退伍後也會多聯絡。

我看見小羊英挺地走向籤筒，迅速抽出他的命運，大聲報出一組號碼，接著換我，我全身流著飛官兒子的血液，露出飛官似的笑容迎向籤筒，更迅速抽出我的命運，我看到號碼時，笑了。

我們的號碼一模一樣。

我們這一班，只有我們兩個一模一樣。

我們是大家感激的對象，因為我跟小羊抽到了「金門」，我們把這班去金門的籤，正好一次全部抽走。

這就是老天爺要給我的禮物嗎？會不會太戲劇化了。

抽完籤的二十四小時，全成功嶺所有的公用電話線路都被拔掉。沒有一個人可以在此刻用任何關說改變自己的命運，尤其是抽中外島的「戰士」。

我跟小羊及其他上百人，從此被大家稱為「前線戰士」，奉命用最快的速度打包行李，隔離到另一個空間。在夜最深的時刻，在你疲倦看不清楚的意識下，搭上火車，直通高雄壽山。抵達壽山的那刻是黎明，恐懼讓一車的男孩臉，一夜之間變成眉頭深鎖的男人。我跟小羊被整火車的恐懼包圍著，但他一直給我微笑。

我不知道他那個微笑的勇氣是哪裡來的，到底是證明自己「前線戰士」的榮譽，還是無論如何，都有一個朋友陪著一起死？

或者兩者都是。

這個問題我問不出來，我知道，做一個戰士固然英勇，但要能做一個「不死的」戰士，在戰場上「打勝仗」的戰士，那才是戰士的最高榮譽，現在都不是，現在是一個未知，及一車的恐懼，我不喜歡這個氛圍，但我很高興，至少我有小羊為伴，可以一起見證生命中曾發生這事的存在感。

那天高雄壽山的風很大，讓去金門的船拖延到更晚。

在船抵達高雄港的消息一傳來，高雄壽山的公用電話，就全通了。

每一個戰士不需要廣播，就自然而然地找到可以打電話的地方排隊，道別的哭聲，完全傳染了後面的人。

「你應該不需要打電話吧？」

微笑似乎是現在最男性化而且勇敢的表現了。我們都沒打電話給任何人，一起爬到了壽山最高處，看著高雄最後一次的夕陽。

「你的願望是什麼？」小羊的臉上滿是橘紅色的夕陽，他只看前方，而我看著橘色的光芒在他臉上一直變化，回答不出任何答案。

「我們說一下自己的願望，將來不管多苦，多想哭，想一下我們說過的願望，彼此互相提醒一下，到時候就會好，就會撐過去。好不？」

我聽小羊跟我講完這句話，真想罵髒話。

可是我清楚那種髒話是一種「為什麼你這麼屌」的一種忌妒，或是「我就是這麼佩服你」的不甘心，但你打心底知道，那是對的。即便周圍的一切都不再讓你掌握了，你唯一可以做的「對的事」就應該是這個，就是與自己的願望跟夢想相處，你的願望跟夢想可以讓你強大。

我們面對了夕陽及壽山的海風說了超多願望，多到你根本覺得那不是願望，已經是一種若讓他們一切都美夢成真了，這世界就會被這兩個貪婪的傢伙剝光了。

依舊在深夜，所有的戰士上了航向金門的軍艦。

我跟小羊開了眼界，這應該是一艘永遠都載新兵去外島的軍艦吧，因為軍艦上的每一張床板上都寫滿了恨及生離死別的髒話與怨言，再也沒有一句「到此一遊」，或某某某到此留念的廢話。

這些話都沒被擦掉，因為就算擦掉了也是會有人再寫上去。

船艙的機油味及外面的風浪逼得我快要吐了，我全身幾乎癱瘓地窩在床板上，小羊一直在我身旁，這是我們第一次意識到，將來到了「尊嚴之島」，活著比什麼都重要。

軍艦似乎靠了岸，當船艙的大門在鏈條的旋轉聲中放下時，好像就要揭開一場舞台劇的黑幕了，只是這黑幕是往下掉的。

「金門」這兩個大字，被一種奇怪的橘色光芒照得閃亮，我這才知道，又是一個黃昏。當意識還沒清醒時，金門島上已經飄來一陣讓你可以呼吸的森林氣味，口哨的聲響急促，要新兵背著所有裝備，往前面灘頭奔跑。
若是在抵達的第一刻行動就慢，相信未來的日子裡，絕對不會好過。
即便一整艘軍艦載著多麼大的傷心與恨，沒有人會在這一刻跟自己的未來過不去，上百名此刻就是「前線戰士」的男人，拚命地往前跑，無需教導，自然成為該有的隊形，服從地蹲下。
森林順著海風繼續飄著香氣，數十輛吉普車載著軍官抵達。那吉普車的車燈，成為現場最亮的光線，證明天色暗得比什麼都快。
上百名戰士的呼吸聲，伴隨夜，跟海浪一起拍岸。
吉普車上跳下來的軍官，帶著班長，前來「挑兵」。
「挑兵」是一種學問。
你如何從上百人中，在完全沒相處過的狀況下，在短短的幾分鐘內，挑中你要的人？
「外表。」

這是一個比演藝圈還更在乎外表的時刻。

我這樣告訴台下的聽眾，沒有人反對。

其實這就是一個真理，外表總是在內在之前表現出來。

兵不都是被挑的嗎？要怎麼說明，兵也能挑軍官呢？

挑與被挑，都有一種學問。你挑優秀的人，優秀的人也挑你。

若你看到前來挑選的人一身碩壯黝黑，那肯定是來自體格操練精幹的部隊。如果你看到來挑的人白皙有禮，那一定是來自政戰或文書單位。

接著，你要看他跟他一起來的人的說話眼神與方式，因為那可能是他部隊的文化與應對。

要看到對的人，你才可以在挑兵的時候舉手說你會，並用希望他能選中你的表情面對他。

選兵的人，第一時間當然也是看外表。

因為在軍旅生涯中，「兵」不是會相處一輩子的人，如果第一眼都不投緣，那更不用說往後的二年了。

這時，選兵的訣竅就出現了，執行的軍官會同時挑「兩種完全不同」的人來比較，藉由談吐的對比，在短短五分鐘之內，選出他想要的兵。

但說穿了，到最後會抽籤來到金門的，就已經不是挑兵第一時間最適合的人選，好的兵早就在本島被挑走了。

現在，整個灘頭上，幾乎都是「運氣不好」的一群，也是「沒有背景」的一群。

還有一種特殊類型，就像我，是自己有背景，卻不想用特權當少爺兵，是以「當兵」為榮的人。

但我們這種人，在某些挑兵人眼中，卻是一種「自以為浪漫的個性派」，更可能會是一枚「隱形炸彈」。

說真的，對於在金門挑兵的軍官及班長來說，能挑到一個「安分誠實」的人，讓金門的軍旅生活簡單、平安、順利，我想是雙方都期望的。

當時我不太懂選兵人的心態，心裡只知道，既然已經到了金門，就要做金門最適合的兵，我跟小羊很仔細地看著跳下吉普車的軍官及士官，看看會不會是對眼的人。

沒想到，第一個下車的軍官就是一個中校，他跟他的士官就是屬於談吐優雅的類型，士官發亮的眼神在灘頭上喊著：「你們哪一個人會做伙房？」

小羊這時候不知哪裡來的力量，聲音劃破了灘頭：「報告班長，我會！」

這時候灘頭一片沉寂，大家都看著班長走向小羊，所有的人都在觀察班長的舉動，如果他是一個好班長，接下來所有會做伙房的人都會陸續舉手，希望做他的兵。

班長快步走來，站在小羊面前，小羊英挺地站起來，表情帶著微笑，雙眼清澈發亮，像在期待一個天大的禮物。

班長黝黑發亮的臉，非常仔細，從頭到腳盯著小羊，還有小羊白皙的雙手。

接下來的一句話，是我出生到現在聽過最難忘的。

「幹！×你×的××！你也不看看你的樣子。你媽媽把你養得那麼大，送你考大學，只是讓你做個『伙房』嗎？你以為做『伙房』很輕鬆是吧？你也不看看你自己的斯文樣子？」

我再也不敢看小羊的表情，但我清楚地可以感受到，我旁邊這個人的身體，好像壓抑著什麼快要爆炸出來的東西。

那天晚上，我們被分配到新兵中心，就寢時，怎樣都睡不著，小羊坐起來在黑夜中望著我，只問一句話：「當一個伙房，真的那麼丟臉嗎？」

我什麼都說不出來，因為我知道，我們在高雄壽山一起看夕陽時，他說的第一個夢想是當廚師。

你曾在上百個人面前大聲說出你的夢想嗎？然後，這夢想曾在眾人面前被羞辱過嗎？那天晚上，我們沒有哭。因為我們說過了，若真的自己來金門後，很弱很恨很想哭的時候，就要想起自己的夢想。

我們在「尊嚴之島」發現，尊嚴不是別人給的，不是靠戰爭奪來的，是一直在自己身上。

第六章　這跟「離家五百里」有什麼關係？

「離家五百里」對我跟小羊來說，已經是一個暗號。

我跟小羊很快就被分發到不同的部隊，在金門，他就是我唯一的親人。

在那個沒有手機的年代裡，在部隊放假前排隊打公用電話，也是一種學問。打回台灣講三分鐘的話，至少要十塊錢。因為當你好不容易排隊打到公用電話，如果你花十塊錢講電話的話，後面若排了學長，他們就會在你一邊打電話時，一邊在後面跺腳，或是高聲講話。更不用說，你是打給也在金門當兵的同梯戰友。

我跟小羊互相通電話的時候，就只說五個字：「離家五百里」。

只要說出這五個字，我們就知道，等等在山外的「離家五百里」牛排館碰面。

「離家五百里」對一個不在金門出生的人來說，最大的特色就是這個店裡面百分之九十九都是男人，男客人、男服務生、軍人跟軍人的朋友……，在一個百分之九十九男性消費的空間裡，你可以完全看出這個市場的男性消費哲學。

在食物的份量方面，它一定要符合牛排大塊好吃的飽足感。

再來就是裝潢，裝潢必須完全不以男性美學思考，要讓男性掏出自己一個月六分之一的薪水吃一客牛排，必須要能夠滿足邀約「從台灣遠道而來的女朋友」相聚的浪漫情調。裝潢不是滿足男人的，是滿足他的對象。這樣他才願意再拿出他的另一個六分之一請客。

來金門探望當兵男友的女生，都會被帶到「離家五百里」吃一頓牛排大餐。如果你是那個願意來金門會當兵男友的女孩，妳全身上下不知會被投注多少欣賞、忌妒、探索的眼光，妳會被所有的戰士欽佩並且投以微笑，而你的男友將會是全金門那天所有能有消費力的人，羨慕及談論的對象。每個今天來「離家五百里」的男人，都想看今天誰是牛排館的女孩？誰是幸福的男孩？

但我跟小羊都認為「離家五百里」還有一個更大的特色。

那是來自十元硬幣的魔力。

十元硬幣只能打電話回台灣講三分鐘，但卻可以在「離家五百里」的點唱機，投下選一首歌曲，給全餐廳的人聽。

當兵最窮的不是錢，是沒有主導權。

一枚十元硬幣，主導接下來四至六分鐘，所有人的聽覺，甚至那些歌的情感、旋律，可以讓人在短短的時間中，徜徉某個幻想或感動、興奮或吶喊中。

金門每年都有一個月份，是船也開不了、飛機也飛不來的時候。

那是每年的四月，海島的金門被濃霧鎖住，伸手不見五指，沒有外資可以運進來，也沒有任何人可以進來。霧濃情更濃，霧不散，情更難散。但假期還是照放，人在濃霧中的「離家五百里」，點唱機成為男人內心空間最大的出口，那機器發亮得像是一座燈塔，每一張播放的歌曲，都殺出男性的浪漫血光。

我跟小羊最喜歡看每首歌播出時的「男性反應」。人在異鄉、在海上的小島、在人生最青春的身體發育時，卻最不能控制自己的時光中，你覺得什麼樣的歌曲，最能殺死一名戰士的尊嚴？

「我能想到最浪漫的事，就是和你一起慢慢變老……」沒錯，情歌永遠可以融化每個天天唱軍歌的戰士。而若這情歌唱的又是對永遠的期望，至死不渝的相信，不但能安慰已經被女友「兵變」的情感，甚至，可以讓感情變成一種堅定自己信念的口號……

那首趙詠華演唱的「最浪漫的事」，每次只要一播放，你就知道誰失戀、誰熱戀、誰嘲笑了愛情、誰珍惜了自己。然後，更奇妙的事，或許就是因為四月濃霧的牛排館已經沒有任何女生，已經是百分之百的男性，無需遮掩的感情，像部隊無須遮掩大家一起洗澡的赤裸一樣，一首點唱機的歌曲，可以變成一個男生接著一個男生、一個戰士接著一個戰士跟著哼唱……

「我能想到最浪漫的事，就是和你一起慢慢變老，一路上蒐藏點點滴滴的歡笑，留到以後坐著搖椅，慢慢聊～」

唱到「慢慢聊」這三個字的時候，你會發現，幾乎很多人都已經把刀叉放下，不再吃牛排，開始安靜在各自的回憶中，或是聊起自己赤裸的情感。

「離家五百里」還有一個吸引人的原因，就是附近有一家快速相片沖印館，你可以站在沖印機的前面，看著全金門各個放假的阿兵哥剛剛拍完的照片，火速地送到這裡，一張張地從機器吐出來、那是一張張與金門各個角落合照的笑容以及部隊生活的點滴，這些照片承載著思念的速度，滾燙沖洗出的照片為了要趕快讓心愛的對方帶回去，或是在今天收假前，帶回部隊溫存。

若在當年有「智慧型手機」，就有多少男子漢不用在沖印店前面嘆息。因為你再也不用等到照片洗出來之後，才知道自己是不是在快門按下的那一刻，閉上眼睛，或歪嘴斜眼的遺憾。

來金門三個月之後，小羊說要給我看一張照片。因為這張照片，值得我們在「離家五百里」好好慶祝。

我陪小羊開心地從隔壁沖印店拿了一大包厚厚的照片，在牛排端上之前，小羊非常仔細翻著，很快地他掏出了這一張。

他說他要寄回台灣，讓女友跟家人放心。

「好不好看？」

小羊的夢想在照片上出現了。

「你當上伙房了？是嗎？你當上伙房了？」

牛排端上來的滋滋聲像是心頭的笑聲，他三八的拿起餐巾紙擋著牛排拚命噴出的熱氣，那種又熱又香的牛排氣味，好像又喜悅又期待什麼的沸騰心事。

「她看了會放心嗎？」

我不知道「她」看了會不會放心，但你知道我在這張照片中看到什麼秘密嗎？

那是一張他在部隊的廚房所拍攝的照片。

你可以看見他已經擁有新兵不會有機會買到的「保暖羽絨衣」，這完全表示小羊在新的部隊中已經混得不賴，而右手拿著的是發亮的「金門菜刀」，左手正豎起自己的大拇指，燦爛的微笑。

而秘密在小羊切的東西。

小羊切的是「蔥」。

蔥是調味時最基本的香料。這個畫面除了蔥之外，旁邊什麼材料都沒有。

這些蔥表示什麼呢？就是他終於進了伙房的編制，可是只能當一個助理，連切菜份兒都沒有，只能切蔥。

夢想

／

一九九五年一月二十三日
下午五點四十五分
金門擎天坑道餐廳

被攝者：小羊
攝影者：角架

秘密是只要能切個蔥，他就開心極了。只要能接近夢想，做什麼都開心。

我不知道是牛排的熱氣逼得我流眼淚，還是我為這平凡畫面的力量撼動著，「離家五百里」真的是我跟他難以忘記的回憶，那是一個很男人的空間，一種由夢想與情感料理而成的餐廳。

所以，當我再度看到「離家五百里」五個字出現面前時，我非常激動。我激動的不只是那過往的一切，而是我知道小羊已經死了。

早在退伍之後半年，就聽說小羊被黑道追殺，慘死街頭。

小羊是一個能遊走在人際尺度之間的義氣朋友。

當年在金門選兵的班長說得沒錯，「你不看看你白皙的樣子」，班長說的是實話，能在十七歲就擁有廚師經驗的人，通常是家境很早就需要錢，社會經驗比同年齡更多樣的人。小羊雖然是一個學餐飲的大學生，出身於雜貨店的他，從小什麼人都見過，白皙的他，比任何人柔軟，內心也比任何人更講道義。

金門的軍旅生活，他居然從伙房的小兵，成了為將官掌廚的班長，一是他俊美的氣質讓人舒服，二是他能統領伙房中每一個來自四面八方、三教九流的廚子。

退伍後，聽說他的夥伴在當兵前本有在黑道混過，所以退伍後小羊自然而然跟他們保持不錯的關係。在一次黑道火併事件中，小羊不幸捲入，慘死街頭。

當時消息傳來，我啞口無言，感覺自己生命中好像有段光輝的歲月，注定要遺忘了。退伍的人只想往前衝，只想趕快抓回在社會上遺失兩年的光陰，好像有些人就是要忘掉，有些在生活中不切實際的事情，就該拋在腦後。

即便小羊死了，他依然是我最想見的人之一。

因為，是他提醒我不要忘記自己的夢想，以及在上百人面前被拒絕的時候，依然有勇氣。當兵的歲月因為夢想的勇氣，我們都可以活下來，可是回到現實生活，死的人卻是他。

就在我想起他的時候，卻有一個沒有署名的留言，留下這個人「應該」很想見你的這句話，而且清楚地寫著：在台南有一家餐廳也叫做「離家五百里」。

「你可以去看看！因為這個『應該』很想見你的人，就是那家餐廳的老闆。」

第七章

六小時之後，我飛車來到台南

「離家五百里」這熟悉的招牌，真的出現在我面前。

沒有任何激情擁抱，當年那個叫小羊的男孩也沒死，正在透明的開放式廚房指揮廚師們料理。我坐在餐廳最角落的位置，那個角落放著一台點唱機，跟以前金門「離家五百里」的那台幾乎一模一樣，只是現在壞了。

這一切熟悉得好像你一直沒離開過這個地方，但你明明第一次來。

回頭說說沒死的小羊。

他從頭到尾都沒加入過黑道，但真的有一個人不幸被追殺而慘死街頭，那是他軍中接棒的徒弟，也是一個白皙男孩。

小羊退伍後只有一個目標：一定要在台南開一間有特色的餐廳，要做一名不一樣的廚師。

但什麼樣的廚師才是一個不一樣的廚師？

在台南這個以傳統小吃聞名的城市，怎麼樣才是一個有特色的餐廳？

小羊當年在金門之所以最後還是如願進了伙房，就是因為他在深夜，為長官親自下廚，做了一盤小炒，而小炒裡面，有小羊託人從台灣寄來的「九層塔」。

金門不是沒有九層塔，九層塔是一個需要在種植過程中不斷翻土，未來摘下才會香的香料。在金門，最忌諱的就是翻土，因為當年蔣介石在金門的土地上埋下不少地雷，就是要讓上岸敵軍的戰車與部隊，踩下陷阱。金門島上至今還留有一不小心就會翻到埋在地下的地雷陷阱，所以像九層塔這種香料植物，變成一種難得的香氣。

小羊知道，只有靠自己的實力才能進到伙房，但誰會給小羊做大餐的機會？一個小兵又哪裡有錢買昂貴的食材，請長官學長們吃飯。既然做不了大餐，「香氣」就是這場戰爭中唯一的武器。

冬夜金門的坑道溫暖乾燥，九層塔經過熱麻油炒開的香氣就像一條奔騰的龍，猛爆性地在坑道裡奔竄，竄入已經入睡長官的五官，鼻腔中因為這香氣分泌了想念的唾液，因為這盤帶有九層塔香氣的小炒，讓私藏在長官櫥櫃中的陳年高粱酒一瓶瓶的開啟，那些長官聞香而來，聚到小羊面前，每個長官在小羊一盤盤香氣的小炒下，把酒言歡。鍋子隨著鍋鏟及食材下鍋的聲音而沸騰，小羊安靜專注地上菜。

那一晚，小羊順利憑他的香氣，調入金門防衛司令部最高指揮部的餐廳「擎天廳」。而我，就是那個造冊的阿兵哥，當我把小羊的名字及兵籍號碼逐字打進電腦時，我依稀記得自己開心發抖的雙手。

退伍後的這十年，小羊是如何經營了這家「離家五百里」？

我眼前已經上了一盤「希臘沙拉」。

明明是一盤蔬菜與水果，卻有著迷人的橄欖油搭配著不知名的香氣，這個香氣完全沒有經過任何溫度，就讓我眼睛跟嘴角因為嗅覺而放大上揚微笑。

他到底是怎麼辦到的？

聽說小羊這十年，來回去了希臘及印度好幾次，就是因為他發現了截然不同的香氣料理。

香氣料理最迷人的表現，對小羊來說，已經不是在大火快炒的溫度下呈現，若是能在涼拌時，都讓人聞到入口前的撲鼻香氣，以及嚐入口中浸漬的滋味，那種爽口還會連帶刺激大腦產生一種愉悅感，讓吃的人臉上產生一抹微笑……他想要那抹微笑，甚至微笑中因為食物的酸甜輕辣，產生莫名的淚珠。那抹微笑，像極了我們在金門「離家五百里」，邊吃牛排邊聽點唱機播放讓阿兵哥哭到斷魂的微笑表情。

為了那抹微笑，小羊學會讓新鮮的蔬果在酸味及甜味與酒汁的搭配下，變成回味的沙拉與湯汁。而那些肉類藉由香氣烹煮的祕訣，是不斷在印度及希臘街頭巷尾的餐館及尋常人家出入找答案，他想把那兩個因著海洋、河流而生的古國，將他們的飲食文化與生活帶回台灣，帶回台南這個一直注重生活及文化的古都。

餐廳裡果然很多外國人，我閉上眼睛聽他們聊天，他們說自己的語言，雖然完全聽不懂，卻聽得出那些「自己是外人」，卻在這裡找到「認同」的感覺。面對那些來自印度、美國、日本……的客人，小羊自在地用英文跟他們交談，那個微笑沒有變，但是我們之間，變得拘謹，話最多的是他的老婆。

「菜單你慢慢看，小羊說，你不用點，他會把餐廳裡全部最好吃的東西都做給你吃。」

小羊的老婆好熱情，我從來沒有見過她，但她卻待我像是親人一樣。

我看著她給我「這本」菜單。一本像書的菜單出現在我面前，從前菜、沙拉、湯品、主餐、甜點、酒水……每一個品相的細節裡，還分了不同的肉類，或是不同的季節有不同的說明。

可愛的是，菜單中搭配的圖片，都是自己用傻瓜相機拍攝的，閃光燈打在菜上，反射出一種樸拙卻非常豐盛的家庭感。

失聯的十幾年，這本菜單可以追蹤出小羊努力的一切。

當我面對這些陌生的菜色，我已經迷失在如何挑選的障礙中，現在每家異國餐廳，為了讓客人可以快速地嚐到及掌握到美食的需求，都會做出套餐的搭配以及精美的圖片，眼前這一本完全可以想像得出餐廳主人對美食的掌握與熱愛，但是對一個外行的人，或是想在食物上冒險的人，這本菜單似乎創造的是點菜的難度。

點菜一旦困難，就減緩了餐廳流動的速度。客人若不好意思請教，往往會有錯點搭配而敗興的可能。更奇怪的是，若這是一家印度餐廳，你卻在菜單上完全看不到任何以「咖哩」為名的食物……

你的世故讓你為這個朋友擔心，你擔心他的夢想會不會越來越夢幻，還是你也擔心自己是不是已經有了「媚俗市場」的氣息，而在與他重逢時的交談，彼此格格不入，然後從此之後再也不聯絡？

很多複雜的心情混合在你看菜單的表情中。

你已經在盤算等等吃飯的表情以及該有的對話。你想找回以前的朋友，但你又同時害怕，以前的自己已經不在了，甚至，對方也變了。人與人的相處，是不是留著某些回憶，像食物的「回味」一樣就好？

餐廳客人的微笑都那麼自然，只有我跟透明廚房中的小羊，好像有一種明明已經很靠近，但是卻很遠的距離。

「這是檸檬雞湯，不但要喝湯還要吃湯裡面的米粒喔。」

「有米在裡面？」

我好奇地問著小羊的老婆，小羊還在廚房裡面忙，他看了一眼老婆端過來的湯之後，馬上又把眼神轉向自己的鍋爐。你搞不清那是刻意的閃躲，還是忙碌到讓你覺得是不是自己的到來是一場太突兀地打擾。他沒看到我的微笑，我有點尷尬。我低頭看了那盤「檸檬雞湯」，一盤明亮鮮黃的湯汁，嫩白的雞肉在湯盤中浮著。小羊的老婆居然也不等我回應她剛剛沙拉的滋味，以及是不是看我喝下湯嚐嚐她所說的米粒感覺，就已經趕快回廚房準備下一道食物。好在雞湯明亮的顏色對我微笑，讓我想趕快用喝湯來解除所謂重逢帶來的尷尬。

沒想到，湯一入口，新鮮檸檬的微酸馬上解除了我因敏感而生的擔憂，米粒馬上在唇齒之間舒展了它的力道，吸收雞汁精華的米粒，保有沒燉爛的硬度，雞肉明明厚實，咬起來卻很滑嫩。

我這時看了小羊一眼，發現他偷看我喝第一口湯的表情。

我咀嚼著湯中的米粒，咀嚼的表情自然變成微笑，傳遞這場重逢滋味。這碗湯喝得乾乾淨淨後，小羊親自端了主菜上來，是一盤咖哩羊肉。
「明明就有咖哩啊！為什麼我在菜單上都看不到？」
沒想到這就是重逢後的第一句話。
「少土了好不好？咖哩不是個東西。」
小羊的開場白，尷尬中帶種很嗆的香氣。
「咖哩是一種行為。」
「行為？」
「在印度，咖哩是一種把單一香料組合成綜合香料的行為。烹調香氣的行為，才是咖哩。懂嗎？死菜鳥！」
那一句死菜鳥，讓兩個金門阿兵哥的一切都回來了。
「小羊一直很想你，他說在金門當兵若不是因為你，早就死了！」
小羊的老婆馬上就過來搭話。從此，我們三人無話不談。
深夜，我被招待住在他們家，家就是餐廳樓上倉庫中的小閣樓。

小羊從衣櫃深處，翻出當年我們在金門所有的合照，我這才發現那些照片一直跟他的結婚照放在一起。

「你都丟掉了吧？像你這種人，照片這種東西，你都多到不知道怎麼丟吧！」

「照片不是『東西』好嗎？」

小羊因為這個答案瞪了我一眼，然後笑了。

「是咖哩。是一種行為好嗎？」

我用他的料理邏輯，回答了我們的問題。

原來，我們一直都把「想念」當成某種東西，忘記「想念」其實是一種「咖哩」，一種「行為」。

後來三天，我跟小羊在廚房裡嘗試了好多「咖哩行為」的食物，有的根本就是一種亂搞嗆辣眼淚直噴的巨香，有的是讓食材彼此之間舒展滋味的層次輝映。

重逢的八十六小時，一直到離開我都沒問，為什麼店名要叫「離家五百里」？

可是好多以前曾許下的夢想，卻一一在回程時，浮現在窗玻璃上。

第八章　八十六小時在非洲可以發生多少事？

二〇〇七年一月，我在非洲馬拉威的一輛白色轎車裡。

車子行駛的公路是這個國家唯一一條公路，四周是一望無際的平原，平原上連一棵樹木都沒有。

我一直在想，這個世界上會不會有一個地方，什麼事情也藏不住，什麼都會看穿，讓我逃不了的地方？

好像就是這裡了！

這是一個每天太陽都像要墜落在草原上燃燒的炙熱國家，好像每件事都會被太陽照得清清楚楚。就像現在，即使我的臉已經迴避著任何一個人，但那燃燒的落日，紅著我眼眶滿滿的淚水，窗玻璃完整地反射這張臉，透明發亮的淚珠好像要對這片草原的誰，發出最後閃亮的信號。

再過六小時，就要完全離開這個地方。

我在過去的八十六小時當中，好像犯了一個再也無法挽回的錯，但也可能證明了我們口中一直所謂的愛。

我因為要拍攝一部為「捐助受飢兒」的紀錄片，來到這個被聯合國稱為全世界最窮的國家——馬拉威。這是一個每五分鐘就有小孩死於愛滋病的國家，也是一個能活到五歲就是奇蹟的孤兒世界，但這裡卻是傳說中「靈魂最富有」的天堂。

「靈魂最富有」？誰可以解釋這個關於天堂的說法？

沒有人給我一個標準的答案，但聽說，當你到了馬拉威任何一個地方，都會有成群的孩子追著你說：「謝謝你，謝謝你！」

這部紀錄片將在上萬人的聚會中播映，在場的人都將是有錢人，這部影片希望影響他們捐贈的數目，也要讓現場已捐贈過龐大金額的人，親眼見到他們過往捐贈的成績。

「真的只有八十六小時，導演，你真的不要把事情弄得太複雜。」

我的客戶不斷地提醒我這次來馬拉威拍攝的時間急迫性。

這完全是因為我在出發前提了一個腳本，希望這部紀錄片，不要只拍蒼蠅留在孩子臉上的無助，以及削瘦卻挺著大肚子用手吃飯的成群孤兒。

「不要再用同情去感動別人捐贈，不然那只是一個施捨。」

我看不見自己說這句話的表情，但客戶望著我的時候，我發現這樣的溝通是解決不了事情的，要就立刻提出一個像樣的腳本。

「如果，我可以拍到一個一直被我們捐贈的小孩，然後他的年齡超過六歲，已經免於所謂的死亡界線，如果我們的影片帶著這個孩子，跟我一起在馬拉威旅行，在旅行中一起看到捐贈者在馬拉威做的一切，用一個小孩旅行的觀點，以及對未來生命的渴望，來感動捐贈者，這樣是不是可以讓影片的價值更為長久？」

如果你是客戶，遇到我這種導演，你會答應我的提案嗎？

第一時間，現場一片沈默。

「我保證在這八十六小時內拍完！」

什麼是八十六小時？三天半的時間，扣掉吃飯睡覺，還有一個部落到另一個部落都要花費兩小時車程的馬拉威，真正與孩子相處的時間及拍片的時間可能不到七十二小時，換成你是導演或是客戶，你會同意這個提案嗎？

每當我演講到這個段落的時候，我都會問現場觀眾的意見。

「你們比我的客戶友善多了！現在在場將近有百分之九十的人同意這個提案。而我的客戶沒有半個人同意。」

「但你們覺得我該不該放棄？是不是應該繼續說服客戶？」

是的。

我從來沒有停止說服客戶，我相信拍片就是要拍眼見為憑的真實感，尤其是紀錄片。

真實是可以被喚起的，但所謂的拍片，是要更踏實地觀察拍攝狀況而做決定。這個世界上沒有好導演跟壞導演之分，只有做對決定的導演跟做錯決定的導演。

而每個導演都會去試這世界的每一個底限。

對於客戶在前往馬拉威的途中每一次的提醒，對我來說，是另一種相對思考，只是更證明我跟客戶的關係，這個關係不是別的，就是「信任」。

一張往來馬拉威的機票加上住宿就高達二十幾萬台幣，而飛行時數更超過了三十小時以上，若不是信任，不可能把這個案子託付給我。

大家知道我的能力，也相信即便我拍的是蒼蠅在臉上飛過，也一定可以有它特殊的含義，但我若過份好強，拍攝過多，造成辭不達意，或是在拍攝中受傷、發生意外，在那麼遠又貧窮且充滿疾病的國家，安全拍片是最重要的前提。

其實這個腳本最難的地方不是安全問題，也不是時間，而是人選。

什麼樣的小男孩可以活過六歲？

我怎麼知道他有沒有任何疾病？

我該怎樣用最短的時間判斷這個孩子是能帶給大家力量的？

我要找說非洲語的還是會說英語的？

我們的溝通如何才是準確及真實？

我怎麼樣處理自己不能太一廂情願，不小心拍攝了一個更假的故事來騙取觀眾的眼淚？

你要怎麼找到對的人，是這個故事最難的開端。

我想起了以前在金門灘頭選兵的傍晚，我想起真正適合的人，也在觀察他到底該被誰選走。

心中清楚了重點後，抵達馬拉威的第一小時，我立刻做了一件事，這件事讓一切有轉機。

抵達要拍攝的第一所孤兒院，我便拿起攝影機往孩童裡走，我褲子口袋裡全是我準備好的東西，我知道接下來的方法，一定可以找到我想要的孩子。

我右手拿著攝影機，左手從褲子裡面拿出一條條準備好的口香糖，當我一拿出來，果然孩子們都圍繞著我，然後，我回轉身，站到一個高處，一個口香糖接著一個丟，我已經拍到他們開心的神情，拍到他們高興地大叫謝謝，但我知道那些大叫的人不是我要的，我拚命在拍大聲叫其他的孩子，那些沒有衝向鏡頭的孩子，我知道這個人一定在鏡頭外，他一定也在觀察我，而且就要出現了……

「你好，這個還你。」

果然，一個鏡頭外的男孩抓住了我的褲管。他拿著一條口香糖，用簡單的英語表示想把它還給我。

「這條我已經有了，你可以幫我親手送給另一個人嗎？他會很高興的。」

我要找的人出現了不是嗎？

你發現了一個完全不貪心的小孩，更可貴的是，他希望讓你知道：你是很重要的一個人。

我很快地完成了這個男孩的願望，把口香糖送給了他說的另一個害羞的男孩。然後，立刻把這個小男孩跟他的老師帶到一邊。

「他叫伽利略。十歲。沒有疾病。過去一直都是客戶的被捐贈者。」

孤兒院的老師簡單回答了我的問題，我立刻為這個擁有「科學家名字」的男孩拍下了第一張照片，蒼蠅在我快門拍下去的那刻飛快地停留在他身上。我將這張照片給客戶看，再一次地表達我想拍一個男孩跟我們一起去旅行的計畫，而且這才是到馬拉威的第一個小時，我們就已經拍到所謂「最富有的靈魂」，而這個靈魂就是「分享」。

如果你是客戶，你現在願意支持我的提案並立刻朝這個方向拍攝嗎？

我的客戶跟你一樣，在抵達的第一個小時支持了我的做法。

這個叫做「伽利略」的男孩，從此上了我的攝影車，我也跟著他的眼光，望向這邊的太陽。

第九章　為什麼每個人走路都那麼快？他們要去哪？

伽利略用非洲話問著我們同車的司機佛列通。

佛列通說：「因為不走快一點，等等就要下雨了！」

佛列通是個二十四歲的年輕人，大學畢業後，專門做接送外國人的駕駛，這樣的經驗已經有三年，他說每一個從國外來的人，都是慈善家，都是有錢人。這使得他非常熟悉每一個落後部落的位置，以及每一個來到馬拉威的捐贈者最需要的生活必需品是什麼、好奇的又是什麼。

他也載過不少紀錄片的導演，知道何處可以拍到最貧窮的畫面，何處可以上網、何處可以充電。但是，同時載一個十歲的當地小孩跟一個外國導演一起旅行，卻是第一次。

若不是因為伽利略，我們很難聽到那種屬於非洲人跟非洲人討論事情的思考，更應該說是一個最貧窮國家的年輕人跟孩子的思考。原來就算多貧窮，你還是喜歡談論在哪邊跳舞談戀愛、逛什麼樣的市集、唱什麼樣的歌。他們都知道李小龍，都以為姓李的人都是李小龍的親戚。

這些聊完後，我們就想知道伽利略的心中，怎麼看他以為的世界。他以為馬拉威最遠的遠方就是學校，佛列通告訴他最遠的地方不只是學校，還有離開學校後要去工作的城市，那是現在正在走路的人連車錢都不夠坐的城市……

而我們也會問，為什麼這條公路連一個紅綠燈都沒有，這時候就會有人問紅綠燈是什麼？秩序又是什麼？

這個世界上你原本知道的每一件小事，因為有了伽利略，整個車的氣氛變得活潑有趣，因為我們總有一個接著一個問題，一個又一個不同的解答，原來探索彼此及對周圍一切感興趣，並找到答案，會使原本已經熟悉到枯燥的周遭變得更有趣。

伽利略也有他懂的東西，他懂得將我的衣服摺疊整齊，他懂得汽水與可樂比礦泉水便宜，因為非洲所有純淨的水，都被這世界拿來做可樂了，也因為如此，佛列通告訴我們馬拉威死於糖尿病的人比愛滋病及瘧疾多，因為大家喝水太少，喝汽水太多。

當我們開車經過一大片奇幻得像愛麗絲夢遊仙境的菸草田，被巨大的菸草葉所吸引時，佛列通也會告訴我們，國外的人說種菸草可以賺大錢，所以這裡一大群人都跟著種，結果生產過剩，造成每個菸農的價錢被迫降得更低，銷售不完的時候，這些菸草又不像種稻米或種果實那樣能自己食用，而銷毀過剩的東西，更讓菸農苦不堪言。

一個十歲的小孩吸收問題的答案，跟我們一車三十幾歲的外國人不同。

那是我第一次擔心，我們是否該讓伽利略知道那麼多？每個我們打死都不願告訴伽利略的答案，雖然他聽不懂英文，可是他似乎知道佛列通跟我們話中的情緒與表情的變化。

「你的名字是你爸爸幫你取的，還是媽媽？伽俐略是一個科學家的名字，你知道嗎？」

我們一個工作夥伴用開心且激勵的方式問了伽利略，我馬上意識到這趟旅程我們要留心更多的失誤。因為伽利略若知道名字是誰取的，他就不是一個孤兒了！

伽利略用他的方式讓我知道他沒有問題，可以面對這一切。

我每次拍完一個畫面上車的時候，他會細心地一起幫我整理攝影器材，幫我把遮陽的衣服摺好，給我一個放心的微笑。我告訴自己，不要小看孩子的純真，以及他們也可以用他們的方式包容這個世界。所以每一次伽利略微笑的時候，我都會被他激勵。

佛列通的車上最有趣的是收音機，他聽的節目都非常熱鬧，整個電台每天都放著讓你開心的歌曲，搞了半天，那居然都是廣告歌。

「廣告那麼開心，是不是因為這個產品讓人很開心？這是在賣什麼？」

「這個是啤酒、剛剛那個是彩券。」

廣告最可以看出當地人心裡的欲望，你認為最窮的地方欲望是什麼？就是開心！每首歌唱的都是開心，都是「我就是上億富翁」。沿路我們高聲唱著馬拉威電台播放的廣告歌曲，唱著我們是上億富翁，還有跟電台ＤＪ學許多馬拉威的問候語，我們去更多不同階層生活的地方拍攝，去什麼人都擠來擠去的傳統市集，也去冷氣超強的超級市場，我們吃各式各樣的食物，也喝各式各樣的汽水……

車上的我們開心萬分，我突然在想，每一個馬拉威孩童天真的眼神，會是在什麼時候變得跟街上的人一樣那麼憂鬱？又有多少人能像佛列通一樣，這樣開心地說著英語，跟我們一起由馬拉威出發，帶我們去這麼多地方？

他們的夢想又會是什麼呢？

我不假思索地問了一直看著窗外的伽利略，他立刻回答的速度像是他早準備好，也是想最大聲回答的答案：

「我要當一名司機。」

說完，佛列通開心地大笑。我沒笑，很認真的在想這個答案。

回到飯店，我腦海裡一直浮現著伽利略說「我要當一名司機」的飛揚神采。

同行的工作夥伴說，我應該告訴他，這世界上還有開飛機的人，還有駕高速火車的人，還有開油輪的人……

他們還告訴我，你可以告訴他老鷹跟小雞一起長大的故事：有隻老鷹跟小雞一起長大，牠一直不知道自己張開翅膀就可以飛向天空，一直以為自己也是一隻小雞。

隔天一早佛列通來接我的時候，我告訴他，我想跟伽利略說這些，他也同意小孩子的夢想應該要更大，他也知道我說這些沒有瞧不起他的意思，他很高興我在乎他的感受……

我不知道是不是因為皮膚黑牙齒會更白的原因，我看見佛列通搭著我的肩，爽朗地要我別擔心時，我真的會因為那個閃亮跟陽光一樣的笑容，忘記一切的憂愁。

「你要好好地拍，我不想讓外面的人以為我們都很弱。」

「我答應你。」

結果在馬拉威的這兩天，笑容是這裡給我最多力量的表情。

我們去了一個又一個部落，結果一個部落比一個部落還窮，孤兒也一村比一村多。

那些孤兒看到我們都不陌生，都高興地追著我們，但他們只對一個人陌生，甚至好奇，那個人就是伽利略。他們也追著他，抓他的衣服，要跟他說話，想知道他從哪裡來，為什麼可以坐這輛車子？這些外人將來會不會就是你的爸爸媽媽？

責任

／

二〇〇七年三月三十四日
下午三點三十四分
馬拉威

被攝者：伽利略
攝影者：李鼎

伽利略不想回答，他用所有方法離這些孤兒很遠。

伽利略看著我們捐贈許多食物給別的部落長老，部落長老感動得在鏡頭前大哭，當我把鏡頭撇向伽利略，鏡頭裡的他完全不想看到這一切，望著很遠的地方……

他不知道我看見他的反常。

他依然在我上車的時候，拿飲料給我喝，他依然微笑，可是很哀傷。他沒有更多的問題，就是望著窗外的天空。

我不知道，是不是我們希望伽利略的夢想要再大一點，讓他正在思考夢想這件事，還是那些「也是孤兒」的小朋友，讓他感到尷尬。

我總覺得自己做錯了一件事，但不確定是什麼。

直到夜晚來臨，我跟伽利略共進最後一道晚餐，看見伽利略一直不願意喝光最後一口汽水，我知道了原因。

「他捨不得了！因為這一口喝完，今天就結束了，也不會再有第二瓶了，對不對？」

佛列通才想問伽利略是不是如此，但伽利略的敏感，好像讀懂我的情緒，甚至完全聽懂我說什麼，突然趴在桌上哭了起來。

這兩天伽利略跟我們看到的一切，他應該跟我一樣，是第一次以這樣的方式看馬拉威。而我們這一走，他要再過多久，才能再感受到這一切呢？

當他看到了那麼多的孤兒，也看見了自己的不同。

知道自己是個孤兒，跟意識到自己是個孤兒，有很大的差別。

至於我們，是隨時都會離開的人，不止我們會走，佛列通也會在這份工作結束後離開他。當我們把他的希望拉得好高好高後，卻一個個揮手離開。他什麼面對的能力都沒有，只能待在離別及悲傷的情緒當中。

我點了第二瓶汽水給伽利略，我說不要哭，我們明天還會再見一次。

我整晚都睡不好，我覺得我犯罪了。

你會跟這輩子再也見不了面的人，說什麼再見的話？

我一直在想，我這輩子第一次面對離別及意識到自己的憂傷時，是用什麼方式走過來的？

我想把自己爬起來的方法教給這個十歲的小孩，但卻發現，我好像也從來沒有原諒過任何一個憂傷的出處。我只是淡忘，只是用「某一天我一定會證明給你看」的憤怒，去讓自己趕快做另一件事，我可能學會更多的逃避，或從此把那些事情放到一個自以為看不見的角落，即便是現在我要伽利略一定也不能忘的夢想，曾幾何時，也是我最想放棄也是最嘲笑自己的東西。

甚至，我沒見到我爸的最後一面，甚至連準備說任何一句「再見」的話都沒有，我在他臥床的時候，每天只想自己開心的模樣讓他覺得，他不是這個世界上任何一個人的負擔，我學會了假笑，那也是我笑得最多的日子。

我想起今天伽利略的笑容，我再翻閱相機裡面他所有的照片與影像，我居然像是看見自己的勉強笑容的臉。

我喪父的憂傷，必須用依靠一場找金針湯的旅行來消除。而那場旅行是在我六歲時的第一次旅行，原來，一個孩子的第一次旅行，是如此的重要，那現在我帶著伽利略的旅行，不也是他第一次的旅行，而這旅行的結果與遭遇的一切，是讓他意識到自己的不同，意識到分離，意識到自己國家的窮困與現狀的無力……

我犯罪了不是嗎？

第十章　太陽比失眠來得更快

我還是決定要跟伽利略說一些話。

老天或許知道太陽可能曬暈我的理智，這個下午，馬拉威來了一場大雷雨。

我們的車在烏雲及大雨中飛馳，雨刷來回刷著我混亂的心情。我跟伽利略說很多以後可以學的東西，以及雖然明天我會離開，但是可以的話……

很抱歉，我真的怎樣也無法在這天真的孩子面前說完我自己都做不到的話與承諾。

伽利略的淚水跟大雨一般，佛列通生氣地就把車子狠狠地停在路上。

我從來沒有看過佛列通那麼生氣與著急，他先是憤怒然後很冷靜地跟伽利略說我完全聽不懂的非洲話，我們眼睜睜地看見伽利略在一個驚嚇後，慢慢的安靜了下來，他望著佛列通，然後兩個人一陣沈默。

我的眼淚早在眼眶中不停地打轉，我不知道，連自己都止不了的淚水，那為什麼不能讓一個十歲的小朋友乾脆就在他要離去的人面前好好哭一哭？

我想抱一下伽利略，就在這個時候，他卻擦乾眼淚對我笑了，他過來擁抱我。

我被那抹神奇的笑容安撫住了，同時聽到佛列通說了好長的一段話，伽利略聽著，然後他拍著我的背，像是安慰我，一邊又聽著佛列通說的話一邊點頭。

那天太陽下山前，我們把伽利略送回孤兒院，老天為了這場送別，給了我們一道劃過天際的彩虹。

分別真的就這麼簡單嗎？

我不敢相信，這個孩子居然有這麼大的力量可以停止哭泣，甚至抱著我拍著我的背，似乎需要安慰的是我。

是不是我們做大人的，生命經驗越多，恐懼也越多？

我跟佛列通說，如果伽利略可以，我想為這部影片補拍一個開場，就是一群小朋友追著我們跑，一直跟對著鏡頭說謝謝的畫面，這也是客戶跟外面的人對於馬拉威的第一個印象。

本來已經打算回孤兒院的伽利略答應了，可是我覺得這是我拍過最殘忍的一個畫面，卻也是大家最期待，也以為這就是「最富有靈魂」的詮釋。

而我知道自己可能再也見不到這裡的每一個人，而我還要一個剛剛為分離停止哭泣的孩子，再度面對著鏡頭，追著我們的車，高聲的說謝謝……

一個導演不能如此軟弱，對嗎？

你要對你的影片負責，對嗎？

你可以告訴我責任在這一刻，到底是用在什麼地方？是用在我跟伽利略身上？還是這部影片身上？

你是個導演就該有能力喚醒孩子天真地追著我們跑吧！

讓每個將來來到這裡的人，都相信這世界上有一群人，一直想跟你說謝謝……

「快拍！伽利略都準備好了！而且去飛機場的時間也快來不及了！」

我再度看了伽利略一眼，他看著我，似乎告訴我沒關係，你可以開始了。

於是我親自抓著攝影機上車，靠著後車窗，大聲地喊出：「Action!」

我想讓自己很堅強，沒想到喊的第一聲就是個大破音。我笑了！伽利略跟大家也都一起笑了！這個笑讓所有的天真都活了回來，然後佛列通催著油門，讓車子往前離去，伽利略跟著孩子們追過來，大聲地喊著：「謝謝你！謝謝你謝謝你謝謝你謝謝你……」我則拚命地喊著：「快！再開快一點！讓沙土都飛起來！」

伽利略一直笑，他一直追，一直追著我們，他沒停下來過……

我不知道攝影機是因為在我的手裡沒有了焦距還是我的眼淚讓自己失去了看伽利略的表情，我開始討厭我自己，我討厭自己的劇本……

說真的，剛剛台下的每一位觀眾，以及你也都跟我一樣，一手高舉，贊同了我的想法，我怎麼能讓你們失望？還是說，我拉著你們都犯罪了？

到了機場，我擁抱了佛列通，我告訴他，這部影片的導演其實是他，是他讓伽利略跟我完成了我這部影片的夢，他立刻抱緊我，那是一個非常深的擁抱，鬆開彼此後，我問他，可不可以告訴我，到底他跟伽利略用非洲話說了什麼，讓他願意停止哭泣的淚水？

佛列通說：「他們明天要走了沒有錯，但你有沒有看到，這個大哥哥現在看著你的時候都哭了！他都為你哭了，表示他是愛你的。所以，為什麼不能為了愛你的人，笑一個？」
為什麼不能為了愛你的人，笑一個！
原來，知道這個世界上有一個愛你的人，能夠讓人有力量停止淚水，展露笑容。
我從來沒想過。
我從來都以為，分開、離別、夢想的失落，都跟愛無關，而這一切真的都跟愛無關嗎？
我們為什麼總會為了一個到不了的地方，而失去一切的信心與希望？為什麼不回想當初出發時那股熱情，以及可能有個人在等你回來的熱愛呢？
這世上真的有一個會為你流淚、愛你的人在你面前，不就是最幸福、最富有的事？
佛列通告訴我，他也不知道自己為什麼會說出那樣的話，可能是他也是一個孤兒，被人愛以及能夠愛人，就是這世界上最大的財富。
「可以的話，你可以看看月亮。」

「為什麼？」

「月亮不是每天都圓的，但是她每個晚上都出來，照著大地，讓每顆星星都發亮。」

我聽著佛列通給我的智慧，我幾乎看見他從小每天晚上都在看月亮、看星星，不怕黑的表情。

「越黑的地方，就越會看見什麼是白。你看我們黑人，牙齒永遠是最白的，不是嗎？」

我狠狠地打了佛列通一拳，他又抱了我一次，然後我們一直笑。

原來我一直以為非洲給我最炙熱的是太陽，把我照得透明發亮的也是太陽，我以為愛就是如此的犧牲，如果不是這樣，就不算愛。

但其實在太陽最接近的馬拉威，來自全世界最多孤兒的馬拉威，關於愛的責任，不是來自時時刻刻地燃燒，是即便再黑，每天都依然在夜空的月亮，月亮不會在乎今天自己圓不圓，而是她一直都在。

當飛機穿越白晝來到了黑夜，我真的看見月亮伴隨著雲朵與星星，一起發亮。

我笑了！

我想起了所有愛我的人，以及我愛過的人，一直，從未離開我的心上。

第十一章　你像爸爸還是像媽媽？

「相像」這種說法很奇妙，因為有的時候，你特別希望你被說你像誰。像那個人的外表、穿著、談吐……即便只是某一個角度，某一丁點兒神似，你都會高興萬分。

還有一種是你特別厭惡被說成像誰，或是誰像你，那種厭惡不見得是你非要堅持自己是世界上的獨一無二，而是來自你對那個人的不認同。

不認同這件事就更奇妙了，你是因為一直很討厭那個人而不認同，還是說，你曾經深愛過對方，但現在覺得那份愛愚蠢到想讓相像的這一切趕快過去？

我從小就被大家「取笑」說跟爸爸最像，尤其是在看全家出遊的合照時。因為在四十幾年前，每張相片都是要等沖洗之後，才會知道拍攝得好不好。而所謂的好不好，最大的關鍵就是被拍的人眼睛有沒有張開。

我爸非常愛拍照，我知道他那種愛拍照的起心動念，不是因為熱愛攝影這個創作，而是他一直相信，有一天或是很快的某一天，他可以回大陸老家。

爸爸從小就熱愛旅行，任何能讓他去很遠的地方的方法，他都願意去嘗試。在他十七歲時，一路從上海玩到香港，又從香港玩到了台灣。那些好吃的水果才剛剛讓他喜歡上台灣，就當他想帶這些水果回去給家人吃的時候，戰爭來了，那些芭樂、香蕉跟水梨撐到最後，要回家的任一班飛機都不再飛，水果都要壞掉的那一刻，他都不相信這水果的甜美滋味，最終只屬於他一個人了。

民國三十八年的戰爭，讓一個愛玩的十七歲男孩，從此回不了大陸。花光了身上所有的錢，最後一條路，就是去當兵。

但當兵要當什麼樣的兵？

「你是因為覺得開飛機可以開回老家，所以才去考飛官吧？」

這是我爸臥病在床時，我最喜歡跟他聊的話題。跟一個生病的人聊夢想、聊青春，是可以讓身體最快痊癒的方式。

我爸笑了，因為他真的有過這個念頭才去考飛官。

我找出他曾在夏威夷空軍基地受訓時的證件給他看，還有他二十幾歲跟當時最拉風的轎車合照的照片……我想讓他開心，以及我也想在爸爸那些年輕的照片上，找到與自己相似的地方。

我從家中的旅行箱翻出他從十七歲就在外面生活的一切，那用一張張照片記錄，想在將來親自翻給自己的媽媽看的相本。

那些相片詳細得像能自己說話，因為每到一個地方，當地的人事時地物，爸爸不但拍下來甚至編輯得像一本又一本的書。

家裡最多的除了相本，再來就是相機。我記得當時有款相機，能夠在照片上同時顯示拍攝的時間及日期，爸爸立刻就買了下來。

那從十七歲起，誰做爸爸的專業攝影師呢？父母兄弟姊妹都不在身邊的爸爸，當他一個人在外的時候，又怎麼拍每張都有自己的照片呢？

「腳架」成了他旅行各地最好的朋友，而相機的計時器，就是最好的攝影師。

我跟我爸最像的地方，就是在拍照時，我們都把「拍照」當成一件非常重要的事，當成一個要給誰看的重要紀念，或我們都有一個「下次再來不知道什麼時候」的敏感。所以每當計時器開始倒數拍照的那刻，我們都會用盡全力拚命地笑，讓自己保持最好的狀態，好讓快門捕捉到最燦爛的那一刻。

很好笑的是，我跟爸爸每次都在快門按下的那一刻，撐不住地閉上眼睛。而每張張開眼睛的照片，爸爸都要把它送給別人。

「大陸老家根本就是一個到不了的地方！」

我人生的第一個巴掌，就是因為我不高興張開眼睛的照片要寄到大陸，即使我知道照片再洗就可以有了，但我就不願意爸爸再花那些錢，或是要再等照片送去沖洗後才能看到的等待。

那一個巴掌，讓我知道這世界上因為有一個到不了的地方，人就會因為想念那個地方或是期盼到達那個地方，而做出自己也想像不到的浪漫或是變成一個自己都想像不到的模樣。

但是，沒去過的地方到不了，不是最難過的到不了。

這世界上最讓人恐懼、冒險與思念的地方，恰恰是你曾經去過了，但你現在就是到不了，甚至是你不斷地經過，你就是再也踏不回去。

那個巴掌，打的不是孩子的尊嚴，也讓一個爸爸思考，怎樣才能做一個好爸爸？

一個十七歲就離開家，而且是因為出去玩再也回不了家的荒謬，人生不確定帶來對於家的思念與渴望，他要怎麼去告訴兒子？

不是每個做父母的天生就會做父母，更何況就算想請教，自己的父母已經不在身邊。

爸爸為了彌補這個巴掌帶來的陰霾，常常提醒我，我名字中「鼎」這字的意思。

你曾問過你的父母，你名字的涵義嗎？

每個孩子的名字，其實都是爸媽未完成的願望或是一直未完的期待。

我曾在每一場演講做一個試驗，因為中文字是全世界透露最多畫面想像與動作的文字。每當台下的人願意說出他的名字或是小名的時候，你都可以猜出他爸媽的個性、來自的地方或是他自己出生的地方。

而「鼎」這個字的意思，通常跟「一言九鼎」的承諾與「傳家之寶」的故事有關。

當你知道自己名字的來歷與特殊的故事，你會因為這個名字覺得與眾不同，甚至就想讓自己像這個名字的樣子。

「說到做到」這個承諾，很快就變成了我最大的障礙。因為不是每件事，每個小朋友都能夠有能力達成，也不是每個夢，只要許下就會實現。

我很快的就成為了全家及班上最會說謊的小孩，我害怕自己要為承諾負責，所以什麼真話都不敢說。

很好玩吧！原來那麼早知道「承諾」的意義，可以給一個小孩子這麼大的壓力。

「家庭聯絡簿」很快就寫下了我愛說謊的實例要給爸爸簽名，我當然模仿爸爸的筆跡簽下一天天的聯絡簿，自以為這樣就可以一手遮天，沒想到反而中了老師的圈套，他每天寫下更多不同的溝通，而我每天也繼續模仿簽名的筆跡甚至裝成爸爸的回應，用簡單的兩三個字敷衍老師。

我以為這一切都在我掌握之中，沒想到老師早就主動出擊，因為他相信不會有任何一個家長知道自己小孩愛說謊，不會主動跟老師聯絡，依然每天心平氣和地簽下自己的名字。

他們都知道我做的一切，只看我會做到什麼程度。

我以為自己又會再挨下人生的第二個巴掌，結果沒有，什麼事都沒有。

我爸只跟我說，他跟老師發現我有一個天分，就是很會說故事，說不定我將來可以成為一個作家，他非常希望我成為一個作家，所以希望我去學作文、去寫很多故事。

太好玩了不是嗎？說謊居然沒被懲罰，而且從此以後老師特別喜歡公開我的作文，我還擁有了去上作文課的機會……

爸爸每次都要我朗讀作文給他聽，或是聽我又新編了什麼故事…為什麼我寫的故事主人翁「小明」希望自己變成一隻海鷗，可以飛過大海到一個新大陸？而那片新大陸，又有什麼風景讓變成海鷗的小明，一直想拚命地飛去？

他不想家嗎？

然後小明他又會用什麼方式飛回家？

我喜歡跟爸爸這樣一問一答，這樣我可以編出更多新鮮的故事，爸爸總會告訴我更多故事及他自己也有過的親身經驗，我寫的故事與作文到後來已經變成能夠為班上參賽得獎拿榮譽。

「你知道怎麼樣才能成為一個最棒的飛行員嗎？」

身為飛官的爸爸最愛用飛行的故事告訴我很多道理。

「是要很會飛嗎？會飛很多種變換的姿勢、還是飛過很多地方？」

「不！都不是。」

我非常記得那次爸爸的神情，那個神情似乎是他最重要的經驗，好像也是個教訓。

「是要很會降落。」

「降落？」

「一個最厲害的飛行員不是擁有怎麼飛的技術，而是能在任何地方安全降落。飛得再棒，油會用盡，飛得再遠，還是要回到基地，一個不能降落的飛行員，最後就是死在天空的鬼！」

其實，爸爸當年是收起了我愛說謊這個事實造成的難過，用鼓勵我寫作文、寫故事，明白我頭腦裡的思考，聽我朗讀出來，然後知道我身體裡的恐懼，他想真真切切地了解我，並用欣賞我而且我也能懂的方式，告訴我他一直以來明白過的道理。

我告訴正在臥床的他，他對我所有苦心的「詭計」，我其實很早就知道了。

但我不知哪來的膽子要在他臥床的這刻拆穿他，只是我真的想讓他知道，我很感謝他，我真的開始懂他了，我希望他趕快好起來。

他不知道為什麼得了一種叫做「漸凍人」的病。簡單來講，每個人的背後都有一條中樞神經，它透過你的意志，將你大腦的各種命令傳到你身體肌肉的每一個地方，讓你舉手投足、肌肉隨著情緒律動，讓你有擁抱的能力，也讓你感受到被擁抱的溫度與情緒。當中樞神經失去了它的作用，你的身體就像一尊沒有人操縱的戲偶，每一個關節都只能躺著，但你終究不是戲偶，因為戲偶沒有靈魂，人有。你的靈魂清楚地在這個像戲偶的身體裡，只是你每一個動作再也不受你控制，除非有人像操縱戲偶一樣操縱你，你才能翻身、才能抬手。

這個肌肉喪失運動的能力，最先會從喉嚨開始，咬字肌肉的能力一旦喪失，所有話就無法說清楚。

他失去說話的能力，只能用眨眼睛看著注音板拼音，他那天聽完我說「說謊李鼎的發現」後，拼出一個字：

「謝」。

我還笑說這是英文諧音的「謝」？還是謝謝的「謝」？

你知道人開心的時候，眼睛真的是會笑的，即使臉部的肌肉都萎縮不能動了，我看見爸爸那雙微笑的眼睛，他說兩個都是。

我們的人生走到現在，正好在學怎麼降落。

你看過狗或老虎說話嗎？無法咬字就像狗跟老虎一樣，聲音表達都像吼出來的悲鳴。

失去說話的能力，又失去動作的能力後，更大的折磨是什麼？

是你眼看著蚊子盯你的臉，你卻不能打牠、讓牠飛走，眼睜睜看著牠吸你的血，癢又不能抓。

任何一個小事都會讓你抓狂。

如果你失去意識，至少不知道被折磨過，而「漸凍人」恰恰是意識比過往任何時刻都清楚，因為隨時都處於一個安靜在身體裡的狀態，對任何事情都看在眼裡，卻無能回應，意識只會讓你更加敏感。

照顧「漸凍人」的人，不只要有更多耐性，還要能立刻在當下體諒「無能為力卻又想掌握一切」的情緒。

最重要的是要讓自己有趣，這樣「漸凍人」也才會覺得有趣。

人生有趣了，活下去的動力就強了。

可能我們再活得久一點，這世界上就一定有一個醫生知道或是研究出這個病怎麼治？

也可能我們自己會奇蹟似地好起來，不需要任何醫療……

我當時已經沒有任何抱怨，也不求任何人同情，每分每秒做的就是讓自己有希望、讓自己快樂、讓自己有趣，甚至讓已經三十四歲的自己，遭遇到的每一件事，都來請教爸爸，我每件事都請問他該怎麼做，該跟客戶怎麼說話、怎麼溝通，就算我明明知道每件事情的答案，我都還是會請教爸爸，只要讓他覺得自己有用，用他以前欣賞我的作文、肯定我的方式對待他，讓他為了想解決我的問題，有求生的鬥志，我們就要做全世界「漸凍人」的模範，讓大家知道，連「漸凍人」都可以開心，為什麼你不能開心，甚至我想將來蓋一棟房子，裡頭充滿著科學儀器與防災設備，發明讓爸爸可以藉由眼球轉動當成的電腦滑鼠操作電腦，進而完成他想要說話與想做的一切。

這不是個不切實際的幻想，因為連「漸凍人」都能活下來的生活空間，一定是最適合人類生活的空間。

可是現實是什麼？

現實是你爸爸當下呼吸的每一口氣都要錢、每一片尿布都要錢……當你越需要錢的時候，你就會發現所謂的人情冷暖。

你就是會遇到看你需要錢，就更是拿錢誘惑你做盡一切的客戶，以及那些過去跟你稱兄道弟的合作夥伴，見你越不能分擔他的工作，就越會勸你，應該讓你的爸爸慢慢離去……

你自己可以決定你怎麼看這些現實，尤其是當愛跟現實放在一起的時候。

我選擇了現實優先，我決定要趕快在最短時間賺最多錢，我需要錢，在現實中讓爸爸活下去。

第十二章　是ㄌ嗎？

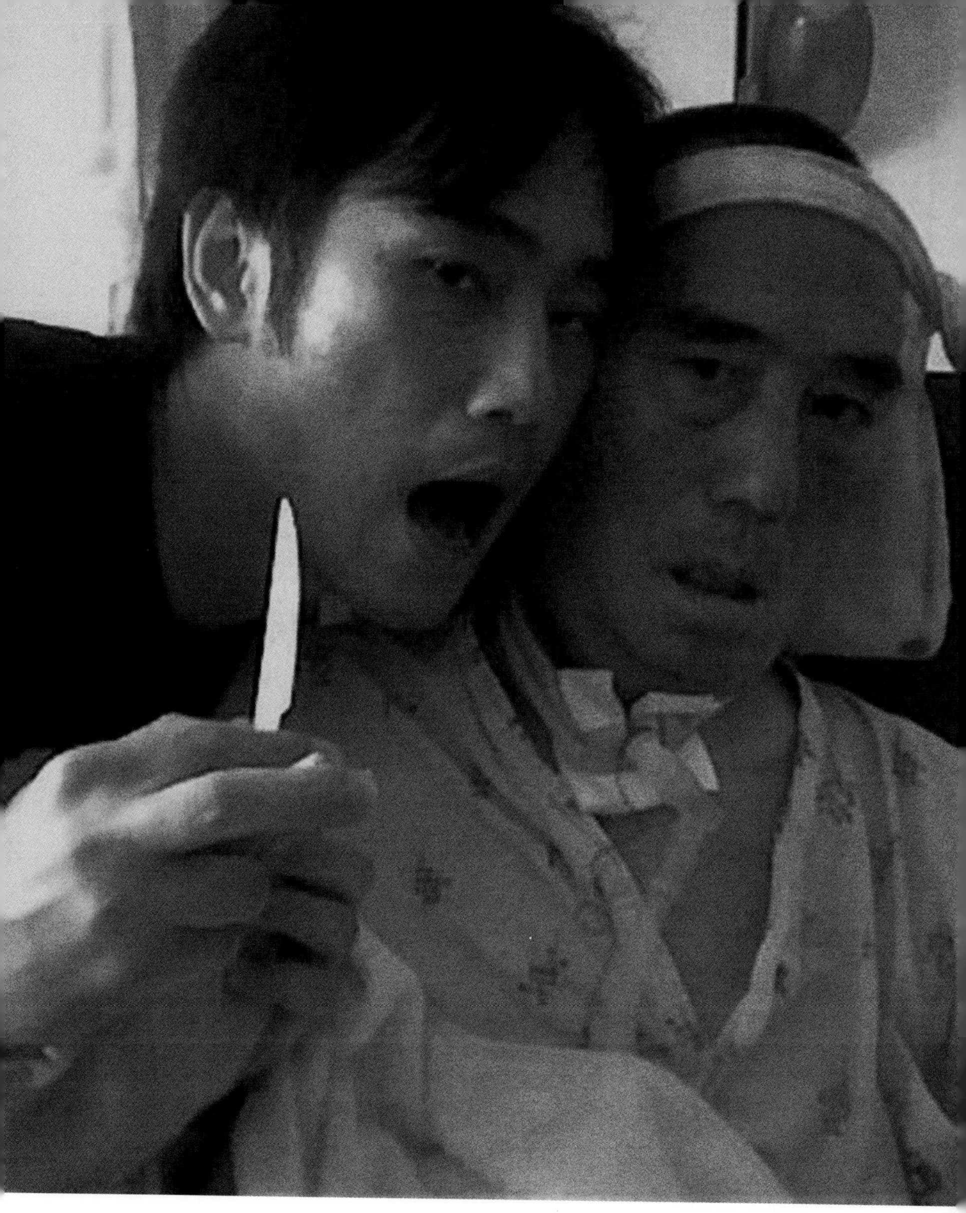

愛

／

二〇〇四年六月二十四日
下午一點三十三分
內湖康寧醫院

被攝者：李樂玉、李鼎
攝影者：Maggie

爸爸的眼球面對注音板的「ㄌ」眨了一下，確定我現在要跟他拼的下一個字的拼音依然是「ㄌ」，而且整句話只有五個字。

前面四個字「你」「不」「要」「我……」，早就在半個小時前用三分鐘不到的默契就拼出來了，但為什麼「我」後面可以接的「ㄌ」字這麼難猜？

「ㄌ」這個拼音可以拼什麼？

「冷」？

「累」？

「聊」？

我再度跟爸爸確定，就是只有五個字。

「來？」

「你不要我來？爸爸，你該不會希望我不要來吧！還是『賴』，你不希望我賴在醫院，要好好去工作，對不對？」

我還是猜不到。

爸兇狠的瞪著我。

我從頭將「ㄌ」從第一聲拼到第四聲，他都用眨眼睛告訴我「全錯」，護士越看越不妙，安撫著即將沒耐性的我且暗示我還有一個音節

你知道第五個字是什麼嗎？

是一個「輕聲」。

「了」

爸爸眨眼表示正確。

「你不要我了」

他再眨了一次眼，表示就是這個意思。

我渾身發抖面對這一句輕聲。

他覺得我不要他了，而我也只不過三天沒來。

現實跟愛，真的沒辦法共存與互相體諒嗎？

幫爸爸按摩的葉秀鳳阿姨，眼見這一幕，想趕快彌補尷尬的場面，建議今天我們

給爸爸一個特別的按摩。

她吩咐我拿一面鏡子，面對著爸爸。

他憤怒的眼神，立刻瞪著鏡子裡面的自己。

我不知道他是看見他竟是如此憤怒後兇狠的眼光傷了我，還是他看見自己的面容因為萎縮，已經如此陌生，他的眼神立刻從憤怒，變成一種茫然的探索。

「你已經很久沒有這樣照過鏡子了對不對？你看，不管怎樣，你仍然是一個很帥的飛官啊！」

是嗎？我看著爸爸的眼神充滿著驚慌與陌生，他想好好地看清楚自己，也想好好地看清楚我。

「你很久沒有自己摸自己了對不對？」

接著我看見葉阿姨拿著爸爸的手，摸著爸爸自己的頭、臉，我們順著爸爸看著鏡子裡的自己，順著他的眼神，讓他用自己的手摸著自己。他深深地感受自己的臉部肌肉，葉阿姨甚至用爸爸的手指，抓他自己的頭搔癢，爸爸眼睛閉著享受。

接著換我做，我帶著爸爸的手，我清楚看見他要摸的是我的臉，不，其實是我的眼淚。

我讓他摸著我的眼淚，我讓他摸著我的頭，我讓他知道，我永遠臣服於他。

其實我買再多的東西給他，都不如讓他摸摸自己、摸摸兒子。

是不是我一直所謂的現實跟愛，都是我自己設想的？

我認為的現實是錢，我要賺更多的錢，爸爸的臥床的生活才會好轉，而其實現在一面鏡子，讓爸爸好好看著自己的鏡子，就是所謂的現實。

現實是他需要掌握與面對自己的尊嚴。

愛也是，沒那麼難。

愛是你對周遭的體會、覺知。

他不是不要我去賺錢，只是他希望聽到我的聲音。

愛原來很簡單，就是一個陪伴。

從那次起，我常常拿他的手握著我的手，常常陪他照鏡子。我發現自己也從來沒好好看過自己鏡子的樣子，甚至應該說我們常常不喜歡自己的樣子，總把自己打扮成別人想要的模樣。

因為這樣照鏡子，我跟爸爸一起接受自己不喜歡自己的地方，接受了我們就是這樣一個與眾不同的父子。

然後我們又開始拍照，我承諾他把照片寄給大陸的親戚，像小時候那樣。

他也擔心自己的照片嚇人，所以在為他過生日那天，我決定模仿他闔不攏的嘴一起對著蛋糕合照，好像我們一起在對生命的每一天做嘲笑鬼臉，這樣我們就是對這世界最想得開的壽星了！

我的爸爸三個月後在一個睡夢中離開，一種非常有尊嚴的方式，享年七十二歲。

那天晚上，我嘲笑自己，天真的在三個月前以為愛與現實的領悟才剛開始救了彼此，可是如果爸爸不在那個夢中離去，我甚至不知道我的戶頭只剩下三千元。

這到底是結束還是開始？

是開始了，只是以另一種方式。

一周內，我的戶頭被爸爸生前一直關心的晚輩，匯入了三十萬元。三個月後，我展開了一場旅行，想找一碗小時候第一次跟爸爸旅行在太魯閣喝過的金針湯，我想如果喝到那碗湯，從此以後，就繼續以李鼎這個名字活下去，結果，這個世界上哪裡都有金針湯，就是太魯閣沒有了。

我沒有死，而那本旅行後寫完的書《到不了的地方，就用食物吧！》讓我從此更要以「李鼎」這個名字活下去。我真的成為作家，成為爸爸最希望我做的那個人，不能再說謊面對自己創造的人生，而我也勇敢的成為了一個電影導演，不怕任何負債，不怕任何危險……

說到這邊，我說不下去了。

因為從一開始我就說了，我正給自己最後七十二小時，要找電影《到不了的地方》的資金三千萬元。而我現在一毛錢都沒找到，我也辦了開鏡記者會，我只做了一件事，就是守住這個演講的承諾，做一個一言九鼎的人……

恐懼正嘲笑我所說的一切，只為了提醒我已經無法安全降落。

我的投影片正播放著「那五個畫面的秘密」的最後四張投影片。

這四張投影片，告訴在場的每個人，我一直擁有一個禮物，在這些畫面裡。他們分別是：夢想、信心、責任還有愛。

我像是決定緊急迫降的飛行員，我正載著小羊、伽列略、佛列通……那些畫面中所有的朋友與家人，我知道我只要堅信我一直擁有這個禮物，這個禮物就會為我打開，我若不能堅信我可以有信心面對演講後的一切，認為全都是這場演講造成的錯、認為責任就要在七十二小時中定生死、認為電影這個夢想就是毀了我人生的現實、認為愛就是每一個人都要支持你……這份禮物終究不會被我打開。畫面配合著五、四、三、二、一的數字，好像每次拍片時現場要喊 Action 的大聲倒數。

我看著小羊切蔥微笑的夢想、看見山洞的回眸中想抓回的信心、看見伽利略提醒我責任是像月亮一樣的照耀、看見爸爸跟我張著嘴做鬼臉切蛋糕面對一切的愛……

然後，大家會發現，明明只有四張畫面，明明禮物是夢想、信心、責任還有愛這四樣而已，那第五個畫面是什麼？

溫飽

／二〇〇七年五月五日
上午八點三十三分
汐止自宅陽台

攝影者：李鼎

尾聲

這是我家的陽台

一張非常安靜的風景照片出現在大家的眼前。風景裡面有一座山，山下的城市是台北市。

「對面的那座山，是我爸現在睡的地方。我家的每一個窗戶，都可以看見他睡的地方。」

二〇〇五年秋天，我結束了重車旅行之後，因為陪一個朋友看房子，無意之中，看見了這間全部可以看到我爸爸的空屋。我當時不知道哪裡的勇氣，居然決定買下這間房子，銀行居然也答應貸款。房子買下後，我每天都為這座山拍照，像爸爸到哪都要拍照給奶奶看一樣。大自然很奇妙，每天都給你不同的天氣，好像這座山充滿著活躍的精靈，讓你不覺得好像誰永遠離開你一樣。

這世界上還有一種距離比離開更遠，就是你們明明是手足，在一起卻像陌生人一樣。

其實，我一直不願意承認，從爸爸生病開始，弟弟一直是最恨我的陌生人。

我弟很喜歡我爸，只要一面對我爸，他笑得比誰都開心。

一對年齡只相差十三個月的兄弟，在青春期就冷漠彼此，因為兩個截然不同星座、個性的身體，只想往自己的樣子，極致地飛去。

我們過去都希望成為爸爸最愛的兒子，但爸爸完全不知道怎麼面對兩個完全不像，卻都是從他身上創造出來的骨肉。

二十三年來，在我們心中，兄弟的意思就是陌生人。

我後來知道弟弟為什麼那麼恨我，是在爸爸住院的第二天。

爸爸剛住院的第二天就宣佈病危，我趕去加護病房時，幸得老天眷顧，爸爸剛被救回，可是當他一醒來發現自己全身插管，四肢全被捆綁在床上時，他像瘋了一樣拚命掙脫。

所有的護士壓著他，我則是完全狀況外，只聽見護士的怒吼。

「李伯伯，這些繩子綁住你是為你好，是怕你睡著不小心把身上的管子拔掉……」

我聽懂了加護病房的規矩，立刻加入緩和爸爸掙脫的行列，他卻一直用手掌打我的手，我發現他想要寫字。

「我爸他想要說話！」

我這話一說，爸爸就立刻不掙扎了。

「請他們不要……」

這五個字才剛寫下，我就猜出爸爸的意思。

「我爸是個軍官，他不希望被綁。」

「李伯伯，榮總是個軍醫院，百分之八十的病人幾乎都是軍官……」

護理長才剛剛說完，我爸更是激動，連字都不寫，身體那份身為軍官的榮譽，讓他只想拚命證明什麼。

「李伯伯，你看看你兒子。」

我不知道，為什麼護理長突然把矛頭指向我。

「你看看你兒子，他那麼帥，而且那麼孝順，他才是你最大的榮耀。你捨得讓他因為看著你的管子，看著你的安全，整晚都不睡覺嗎？」

我這時趕快把臉湊到爸爸的面前，讓他看著我。那是我這輩子最深刻的一次對望，我是第一次發現，他這麼以我為榮，但不是因為我得了什麼獎，而是在他病危清醒被綁得這刻，他的兒子被護士們稱讚。

後來，他將五個字前面的句子寫完……

「我會守規定，請他們不要綁我。」

那晚，家裡半個人都沒來加護病房。

那個夜晚下著大雨，我趕回家，居然發現媽媽坐在家裡喝茶，而弟弟還在睡覺。

我不知道這個家發生了什麼事，我也只不過搬出去外面住半年，家中已經陌生至此嗎？

我大聲咆哮，弟弟從房間衝出，狠狠地踹我，他每一拳每一腳，都希望置我於死地。

他更憤怒的想告訴我一個道理：

「爸根本沒有病，都是跟你一樣這種噁心的個性，沒病都看出有病。他只是失望你不住在家裡，裝病要你回來。」

那天晚上媽媽跪求我不要還手，反而任弟弟打我渾身是傷。我在那天才意識到，弟弟一直認為他怎麼做都沒有辦法得到爸爸媽媽關愛的眼光，雖然他已經是令人稱羨的竹科工程師。他認為爸爸的病都是因為痛心我搬出去的獨立，而他也想獨立，只是他若也搬出去，一直心想全家人都住一起的爸爸，就會更失落。

換成是你，你怎麼面對這麼多問題。

長子如父，如果每一個爸媽都不是天生就會做爸媽，那每一個哥哥，也不是天生就會做哥哥，甚至在這一刻，懂得怎麼做好一個長子如父的責任。

我跟弟弟只差十三個月，也就是當我一出生，爸爸跟媽媽就更相愛，那份因為我而有的相愛，讓弟弟迫不及待地來到媽媽的肚子裡，準備迎接他未來的一切。

弟弟一出生，疼愛勢必被分成了兩半。

其實更正確的說，小時候是分不清楚到底爸媽給的愛有沒有平分或是不均，我只是一直知道，哥哥就應該讓弟弟，或是哥哥就應該有做哥哥的樣子。

怎麼樣做才算是做一個哥哥的樣子？

「雙胞胎」都會有所不同，即便來到這個世界上的速度只差一秒鐘，那早冒出頭來的一秒鐘，就一生背負哥哥或姊姊的責任。那種外表相像但是內心卻渴求完全的不同且獨特的成長，求認同又想打破一切相同想法的衝突，好像一直是手足之情中最耐人尋味的地方。

我爸最大的心願，就是看見我跟弟弟像小時候那張照片一樣要好，因為那是他跟媽媽相愛的證據。

但學理工的弟弟，就不是一個善於表達感情的人，我在爸爸的告別式上，看見他憔悴削瘦的身形，整臉的鬍鬚，所有人都以為他是我的哥哥。

他天生擁有一個做哥哥的沈穩、深邃、正直與正義。

但他就是一個弟弟。

他的名字甚至隨著我的名字而起，叫做「銘」。「銘」是「鼎」裡面的文字，沒有「鼎」，就沒有「銘」。而銘也總是跟著「銘心刻骨」這個成語，他好像也注定我弟弟的個性，每件事他都銘心刻骨經歷過。

爸過世後，我最擔心的就是他。

我會去用找一碗金針湯，撫平自己的傷痛，那他呢？

那天在告別式完全沒哭的他，在爸爸火葬之後，一個星期都關在房間裡沒有出來。一個星期後，他離開了家，告別了媽媽，搬去了竹科。

當我買房子的這年，很巧的，弟弟也買了房子。

兄弟倆在這時，都做了相像的事，就是瞞著媽媽，想給她驚喜。媽媽非常驚訝及喜悅地看著兒子都買了房。弟弟來我家，很快地看著窗戶外的山，就把眼光移開。

我不知道他是因為發現，這個房子每間都可以看見爸爸最後去的地方而難過，還是任何別的原因，我一直用我自以為的方式了解他，但我必須改變。

我們的話依然很少，他只是簡單地說：年初二去他的新家坐坐。

他的家整齊、清潔、簡單、樸素，跟爸爸的個性一模一樣。而當我一進到他的廚房的時候，我居然熟悉得好像一出生就已經來過這棟房子似的。我不但知道米放在哪，甚至每種香料、廚房用具我都知道放哪。

這廚房的擺設，跟爸爸的一模一樣，想要一份家的體會，也一模一樣。

我一直不像一個哥哥，但他一直也不像一個弟弟。

因為後來每個見到我弟的朋友，都說他是哥哥。

我們都不是因為會做哥哥或是弟弟才來到這個世界上，但你會發現這已經不再重要，重要的是我們是手足，是飛官李樂玉的兒子，是李樂玉跟他老婆如此相愛的結晶。

我將這些心得，分享給天上的爸爸，卻彷彿聽見有一個聲音從山那邊傳來：「兒子，你趕快出門，趕快出去賺錢，不然怎麼付完這房子的貸款。」

我好像突然被人趕到山下，重新再爬一次山。

原來從一個山頂要到另一個山頂，必須先下山，不能用飛的。

這五年，我重新面對自己的財務問題、努力的賺錢、注重自己的健康與家人的關係。

很多人都喜歡問我：怎樣過生活，才算是過自己的生活？

我每次聽見這個問題，或想要自己能有個創意的回答時，都會很羞愧。
因為真正旅行過的人都知道，其實旅行最動人的還不只是風景，是當你的肉身已經疲累不堪的時候，能喝到一口水，或是聞到風中傳來的食物味道，而且能夠循著風，找到一頓飯，滿足那份溫飽，就可以再上路、繼續旅行。
而家最大的能量，也是來自溫飽，旅行最動人的地方其實是回家，不然那不叫旅行，是流浪。
第五個畫面的秘密，是「溫飽」。
全部的投影片到此播映完畢。
但面對「溫飽」這兩個字，我現在徹底被打敗了！我的演講證明了我又再度失去我的禮物。
我不知道哪來的勇氣，轉頭跟大家說，我想坦誠一件事。
我當眾說出了在今天來之前我面對的一切，以及我對媒體承諾開鏡，但是我已經沒有錢的事實。

我正像一個貪圖旅行，不想打獵的獵人，面臨我的溫飽問題。

我在阿里山旅行時，一個部落的長輩告訴我，真正的獵人，不會自豪的告訴身邊的人今天一定會獵到什麼獵物，才能回家，真正的獵人懂得看老天今天賜予的天氣，根據天氣判斷今天路途的長短，甚至當發現獵物時，懂得看獵物的神情，在追捕過程中，觀察獵物的神情、揣摩獵物移動的速度……連呼吸都跟獵物一致了，才有可能戰勝獵物，達成任務，不然就有可能被獵物吞噬。

不要小看天氣跟獵物的大小，螞蟻都可以吃光一具餓死的屍體。

真正的獵人最後會感謝到手的獵物，感謝牠用牠的肉身與靈魂，交換他身為獵人的勇氣。

我的獵物就是我的恐懼。

說完，大家一陣木然，我回頭看見投影片的畫面依然停在我家的陽台，我爸爸永遠在的那座山。

我感覺山裡面又傳來一個熟悉的聲音，他只問我一句話：你怕什麼？

我怕我會一直害怕。

這次的演講在我坦白自己的恐懼之後結束，我跟大家說，我現在將去面對自己人生中更大的課題，掌聲馬上迎接著要送走我的主持人上台，主持人還沒上來，這所大學的校長說他想上來跟大家說句話。他不太敢相信我說「溫飽」居然是人生第五個秘密，但他認為，這五個畫面的秘密，真的是人生最大的禮物。他當眾說，如果李鼎導演不放棄拍電影，他一定找人投資，他將來想看到所有被拍出來的秘密……

三小時後，我接到一通電話，這通電話是校長介紹的，對方說他是一家創投公司的老闆，想跟我見面聊聊。二十四小時後，我簽下一張三千萬的合約，《到不了的地方》這部電影，順利開拍。片中導演的名字，不是李鼎，而是李銘。我讓李銘這個名字，在電影裡真正的是一個哥哥，而弟弟的名字叫做李念，想念的念。

未來依舊會有很多風雨造成的恐懼，在我每次飛翔的時候，但那五個畫面的秘密，將一直提醒我，我一直擁有人生最喜悅的禮物，然後無懼地迎接風雨，安全降落。

catch 200

那5個畫面的祕密

作者：李鼎
責任編輯：韓秀玫
封面設計：王志弘
美術編輯：王志弘、徐鈺雯
出版者：大塊文化出版股份有限公司
台北市一〇五南京東路四段二十五號十一樓
www.locuspublishing.com
讀者服務專線：〇八〇〇—〇〇六六八九
電話：〇二—八七一二—三八九八
傳真：〇二—八七一二—三八九七
郵撥帳號：一八九五—五六七五
戶名：大塊文化出版股份有限公司

總經銷：大和書報圖書股份有限公司
新北市新莊區五工五路二號
電話：〇二—八九九〇—二五八八（代表號）
傳真：〇二—二二九〇—一六五八

初版一刷：二〇一三年十一月
定價：新台幣二八〇元整
法律顧問：全理法律事務所董安丹律師
國際標準書號：九七八—九八六—二一三—四七五—七
Printed in Taiwan

國家圖書館出版品預行編目（CIP）資料

那五個畫面的秘密／李鼎著．——初版．——
台北市：大塊文化，2013.11
面；　公分．——（catch；200）
ISBN 978-986-213-475-7（平裝）

855　　　　102021688